[Author]
松山 剛
[Illustration]
ファルまろ

光なき眼帯の剣士
ジークフリーデ・
クリューガー
王国の騎士。暴君と化した女王ロザ
リンデを止めるために奔走していた
が、取り返しのつかない傷を負う。
大魔術師の弟子
オットー・
ハウプトマン
旅の魔術師。ジークフリーデの戦
う事情を知るが、ロザリンデに捕ら
えられ彼女を危機に晒してしまう。

血塗られし女王
ロザリンデ
王国の君主であり、国民から
恐れられる暴君。親友だった
ジークフリーデの光を奪い、
更に傷つけたのは何故か。
騎士は忠義を貫いた。
己の『両腕』を犠牲にして。
魔術師は、必死でそれを救う。
大きな喪失は、
二人の絆を繋ぎ――。
しかし諸悪の根源は、
全てを奪わんとその手を伸ばす。
「これより
『鮮血の謝肉祭（カルネム・レヴァーレ）』を
執り行う……ッ!!」

CONTENTS

Design :
Naito Shingo (BELL'S GRAPHICS)

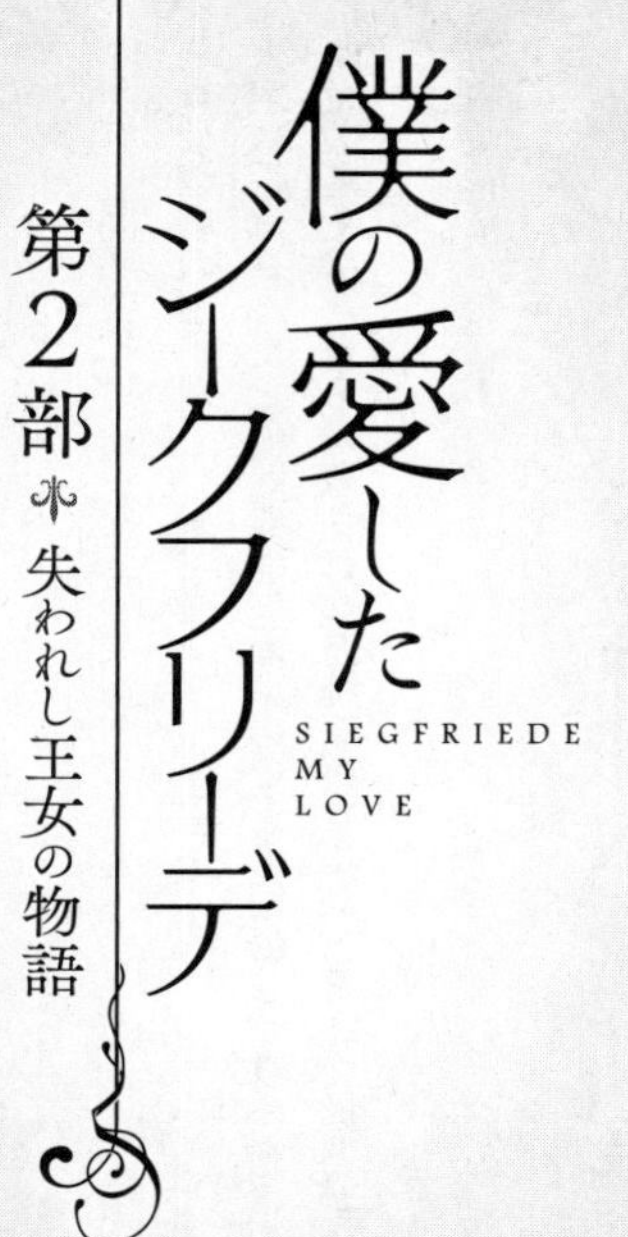

僕の愛したジークフリーデ

SIEGFRIEDE MY LOVE

第2部 失われし王女の物語

[Author]
松山 剛

[Illustration]
ファルまろ

第一章　大魔術典

1

やめて――。

それは惨劇の白昼夢。

天空に投擲(とうてき)されたその凶器は、風車のごとく回転し、真っ逆さまに落ちてくる。

眼帯の騎士は、自らの残された右腕を差し出し、そこに凶器が落下してきて――

右腕が、飛んだ。

○

「――ッ！！」

自分の叫び声で、目を覚ます。

真っ暗な天井、歪む視界、乾いた口の中に、頬から伝う涙が流れ込む。

（また……）

同じ夢を。

僕は一度唇を嚙み、夢の世界から逃げ出すように、毛布を引きはがす。座ったまま仮眠を取っていたせいか、膝も腰も、体中が軋む。

白い吐息を、雲のように吐き出しながら、壁に手をついて立ち上がる。体力も、魔力も、とうに限界。睡眠不足は悪夢のせいだけじゃない。


悪夢。


ああ、それが夢ならば、どんなに良かっただろう。

ベッド脇で、『彼女』を見下ろし、僕は胸が締め付けられる。

ジークフリーデ・クリューガー。

彼女のあるべき場所に、あの逞しくも美しい両腕は、もう肘から下が存在しない。

変色した傷口を診て、ぎゅっと目を瞑り、終わりのない日常を繰り返す。

「――包体」

唱えた瞬間に、心臓に激痛が走る。魔力と体力は同根。体内の魔力が枯渇し、残された生命力を絞り出すような魔術の使い方は、絶対にやってはいけない魔術の初歩、禁忌の領域。

だけど今はかまっていられない。

全身から魔力を絞り出すようにして、僕は治癒魔術を唱える。ベッドに横たえられたジークフリーデの体が光に包まれ、彼女の血色は一瞬だけ良くなる。だが、それはまたすぐに元の土気色に戻り、さらには血の気が引くように白くなっていく。

後ろで扉が開く音がする。

その眩しい光に目を焼かれ、今が早朝だと遅ればせながら気づく。もうだいぶ前から時間の感覚はない。

「オットーさん、もう休んでは……」

「平気です、やらせて下さい」

シスター・グラニアが気遣ってくれるが、僕は治癒魔術を続ける。とにかく、少しでも治療を継続して、彼女の容態を楽にしてやりたい。だってこれは僕の責任だから。彼女は僕の身代わりでこうなったのだから。

「おねえちゃん……」

いっしょに入ってきたリリーピアが、僕を心配そうに見つめる。それからジークフリーデを見て、目にじわっと涙を浮かべて、それを耐えるように瞼(まぶた)をぱちぱちと動かす。見かねたシスターが「リリー、こっちへ」と部屋の外へと彼女を連れて行く。本当は、哀(かな)しみに暮れるリリーピアをもっと気遣ってあげたいが、今の僕は治癒魔術だけで手一杯で、何かをする余力はない。

「オットーさん、食事だけは食べてくださいね」

「……はい」

我ながら力のない返事だったが、今は仕方ない。目の前で生と死の行き来をしているようなジークフリーデを見ていると、食事がとても喉を通らない。

僕がリーベルヴァインに来て、二ヶ月。

元々は、師匠の遺言である『大魔術典(ラ・メルディア)』を完成させるために、いくらか懐(なつ)かしい気持ちもありつつ師匠ゆかりの地を訪れたのが始まりだった。大魔術典の最後のページを埋めるために未知の魔術を探していた僕は、この王国で一人の不思議な少女に出会った。それがジークフリーデ・クリューガー、目の前に横たわる銀髪の少女だ。眼帯をした、盲目の彼女の剣腕は魔術と見まごうばかりに圧倒的で、僕はそれを未知の魔術と推測して彼女を追いかけた。彼女が王宮の親衛隊長だったことや、なぜか反逆者として追われていること、そしてこの国に君臨する暴君ロザリンデ・リーベルヴァインによって両眼を斬られたこと。そうしたことを知るたびに、僕はこのジークフリーデという少女に興味を抱いていった。

だが、それが結果的に徒となった。僕が暴君に捕縛されたことにより、救出に来たジークフリーデは窮地に陥った。王国騎士団の副団長であるイザベラ・バルテリンクと一騎打ちをして、見事に勝利したところまでは良かったが、その後は——ああ——彼女は僕を助けるために自らの『腕』を暴君に捧げ、今こうして生死の境をさまよっている。

彼女が両腕を失った、あの日。僕は当初の約束通りに、女王ロザリンデによって『解放』された。僕といっしょに捕まっていた二人——この国に来たばかりの僕を匿ってくれた恩人で、ジークフリーデの騎士団時代の同僚だったジェフと、その孫娘に当たるリリーピア——も無事に解放された。それは、無慈悲な女王にしては不思議な行為だったが、もはや理由などどうでもよく、僕は全力で大聖堂を降り、ジークフリーデの元に駆け付けた。それから、出血多量で倒れていた彼女にありったけの魔力を注ぎ込み、治癒魔術を施した。結果、彼女はかろうじて一命を取り留め、シスター・グラニアの教会まで搬送することができた。

だが、そこから先が問題だった。

止血もした。消毒もした。両腕の傷口の縫合も、壊死しかけた傷痕の処置も、考えられる治療手段はすべてやり尽くしたし、今も継続している。

しかし、彼女は目を覚まさない。

時おり、

「陛下……」

という、うわ言のような言葉が、その唇から漏れる。そのたびに僕はどうしようもなく胸を締め付けられる。

（どうして……）

あの日から、ずっと。

（どうしてジークは、こんなになってまでロザリンデに忠誠を尽くすの？）

それは、これまでも僕の心の中を巡り続けた疑問。なぜジークフリーデがロザリンデにこだわるのか。何がここまで彼女を執着させるのか。

王国から反逆罪で追われ、

女王の手で視力を奪われ、

今度は両腕さえも斬り落とされた。

なのに。

「ロザ、リンデ……様……」

また、うわ言が聞こえる。それは愛しき主君の名を口にする、忠実な臣下の言葉。

理解できない。

想像でも憶測でもなく、この目ではっきりと見たのだ。あの日、大聖堂の広場で、あの暴君がジークフリーデの両腕を斬るよう命じたのを。

分からない。

混乱する。

彼女という人間が、全然、分からない。

「ジーク……」

その名を口にするが、もちろん返事はない。その頬に手を当てると、怖いくらいに冷たくて、死人みたいに白くて、治癒魔術を唱えても、それがかつてのような温もりを取り戻すことはない。


さらに七日が経った。

すっかり乾いて、でも表面だけは湿気のせいでカビたプブレットを見つめながら、僕はぼんやりと膝を抱える。

ジークフリーデは目を覚まさない。

両腕を失った体を、だらりと横たえたまま、ぴくりとも動かない。もし、僕が『包体』の魔術を切ったら、その瞬間に呼吸が止まるかもしれない。

（僕のせいだ……僕の）

最近は、思考が悪いほう悪いほうに向かう。罰、報い、責任、僕のせい。そんなことばかり考えて、気分が落ち込み、様子を見に来てくれるシスターも、ジェフも、リリーピアも、無言で追い返すようになり、ただ一人——いやジークフリーデと二人——この教会の隅にある狭い寝室で、動かない彼女を一日中ずっと見ている。

死ぬ。

たぶん、このまま過度な治癒魔術を使い続けていれば、早晩、体力と魔力が尽きて僕は死ぬだろう。そうなれば当然、ジークフリーデも死ぬ。

「ロザ……リンデ、さ、ま……」

「どう、して……」

唇から、涙交じりの声が漏れる。そしてまた同じことを考える。

彼女にとって『ロザリンデ』とはいったい何なのだろう。こんな状態になってまで、その名を口にする彼女の想い（おも）の強さはどこから来るのだろう。

そして僕は、どうして、こんなに。

それは、人生で初めて味わう気持ちだった。胸の奥底で、自分の嫌なところ、弱いところ、人に見られたくないところを突き付けられるような、心がうずく痛み。

彼女がこんなふうに、ボロボロになって、瀕死になって、取り返しのつかない姿になって、そこまでになってようやく突き付けられた、この感情。

体が震える。

真冬に裸で放り出された子供のように、
芯から、震える。

ただただ、怖かった。

こんな僕のために、彼女が失われることが怖くて、でもそんな彼女がうわ言で僕以外の人の名前をつぶやいているのが、たまらなく苦しくて、こんなときにそんなことを考えている自分がもっと嫌だった。

——さらばだ。

(師匠……)

あのときだって、そうだった。師匠が亡くなった日も、僕は何もできなくて、ただ泣いて、泣いて、師匠が光の粒となって砕け散る様子を、見送ることしかできなかった。

僕は——

肝心なときに、無力なんだ。

2

ことが起きたのは、夜。

その日、僕は体力が持たずに、うとうととしていた。眠ると集中が途切れ、魔術が切れる心配があったのだが、さすがにもう体力の限界だった。いや、限界などとうに超えていた気がする。土台、自分が使える最高レベルの魔術を一ヶ月以上も不眠不休で持続するなど無理な話なのだ。

こくり、こくりと、舟を漕ぎ(こ)、微睡の中にいたとき。

急に、胸が熱くなるような感覚があった。

目を開けると、やけに眩(まぶ)しい光に気づく。

「え、え?」

服の上からでもはっきりと分かる、僕の胸元で光る何か。

鎖を引き出してみると、それはペンダント状にした魔方位磁石(ダウジングロッド)。見れば左手に嵌(は)めた指輪

——魔量計(メータリング)も光り輝いている。

(何……？　何に反応してるの？)

今まで感じたことのないほどの強い輝きに、僕は面食(めんく)らう。この反応だと、相当に近い——というより、これ、『僕』に反応しているのか。でないと説明がつかない。でも今の僕にそんな魔力は残っていないから、僕の身に付けている何か、あるいは所持品に反応していることになる。

いったい何に——そう思って、まずは『杖(つえ)』を出し（違う……）、それから魔力補給液を出し（これも違う……）、朦朧(もうろう)としながらも、魔術系アイテムを出しているうちに、『それ』にたどりついた。

「あ……」

魔法陣から出した瞬間に、はっきり分かる。

大魔術典(ラ・メルディア)。

なぜこれが——と疑問を抱く間もなく、ひとりでにパラパラと大魔術典のページがめくられていく。そして、それはぴたりと止まる。

(え……っ？)

そこは、例の『白紙』のページだった。大魔術典の最後のページ。今までは何も書かれていなかったはずなのに、

【――――――あ――――――】

「？　文字が……」

ぽつぽつと、染みのように文字が浮かび上がる。そして、光に目を焼かれたせいなのか、あるいは連日の疲労のせいなのか、僕の目から、ぽたり、とページの上に涙が垂れた。それは意図せず、大魔術典のページに吸い込まれ、すっと染み込む。

そして変化が生じた。

【――命――――あ――――
――――かお――――な――――心は――――
――る――――――――――】

涙が染み込んだのを契機に、じわじわと、まるで光によって育ち始めた植物のように、他にも少しずつ文字が浮き出てくる。

「隠蔽魔術紋……？」

秘密の通信をする際に、魔術でそうしたものを送ると聞いたことがある。かつては戦場で密書を送るときなどに使われ、もっと古典的には『炙り出し』と呼ばれる方法もある。いずれにせよ、これが単なる白紙のページでないことはもう疑いない。

「命と心の章……心なき者は命なく、命は心と知るなり――」

そして僕は、そこに書かれた魔術紋を読み取る。そのひねくれたような、あるいは格好つけたような魔術紋は明らかにお師匠様の筆跡だ。達筆なんだけど、本人のプライドの高さが滲み出た文字。正直、懐かしい。

そうした文字は、僕が視線で追うごとに浮かび上がり、そして僕が読み取ると同時にすーっと消えていく。まるで役目を果たしたと言わんばかりに。

（お師匠様が……僕に遺した？）

一度だけ読んで、消える魔術紋。その理由は一つで、要するにこれは、機密漏洩防止の一点に尽きる。それはすなわち、『特定の人物』に伝われば、あとは用済みということだ。

特定の人物――それはこの大魔術典を託された『僕』オットー・ハウプトマン以外には考え

られない。師匠の人生をすべて知っているわけではないが、宮廷魔術師を引退後、片田舎に隠遁してから取った弟子は僕一人で、師匠も僕が初めての弟子だと常々語っていた。

そのページを、最後まで読み上げた瞬間。


「あ……ッ」

飛び込んできた。


今まで読み上げてきた何か――それが魔術紋なのか、それに仮託した魔術の効果なのか――何かが僕の『目』の中に飛び込み、最後に何か大きな黒い文字――たぶん完結を意味する古代文字――がパッと浮かび上がり、そして焼き付いた。焼き付いたというのは、それが残像のごとく僕の瞼にはっきり残っているからだ。

不思議だった。普通、こんな残像が目にあれば、ちらちらして不愉快なのに、今はそういう感覚がない。むしろ今までより何かがはっきりと見えるような感覚すらある。

（そうか、そういう、ことか……）

すべてを理解する。師匠が大魔術典を通じて、僕に託した秘儀中の秘儀――おそらくは最後の魔術。

「師匠、ありがとう――」

言葉と同時に立ち上がると、僕は彼女に向き直った。

「ムーン流・大魔術典・命と心の章——」

それは授かったばかりの魔術。

「蘇生（リフレル）！」

まばゆい光が部屋を包む。世界は真っ白に染まり、そして——

○

——！

何かが聞こえたような気がして、目を開く。

ジークフリーデはベッドの上で眠っている。異変はない。

「う……」

声がした。

僕は転がるようにベッド脇に這（は）いずって、彼女の顔色を見る。口元に耳を近づける。確かに聞こえる。その吐息、かぼそい声。今度は夢じゃない。いや、さっきのもきっと夢ではなかったんだ。

「ジーク……？」

すると、

「──ッ──」

彼女の頬が、
かすかに動き、

「あ、あ……」僕は声を漏らす。

今、ゆっくりと、
彼女の唇が、開かれ、

「──メ、ル……シ」

声を発した。

眼帯をしているから、目を覚ましたかどうか、瞼を開いたのかどうかは分からない。でも、
それでも彼女の唇は、確かに僕の名を呼んでいる。

「魔術師……か？」

「そう、僕だよ……」

答えながら、もう語尾は言葉にならない。彼女が目を覚ました嬉しさと、これまでの張りつめていた想いが決壊するように、僕は言葉を吐き出す。

「ごめん、ごめんね、ジーク……」

「なぜ……謝る？」

彼女の乾ききった唇が、静かに開く。

「だって……」

彼女のもう存在しない肘から先を見て、それから僕は、手を握ることができない代わりに、彼女の頬を両の掌で包む。

安堵、感激、後悔、自己嫌悪——さまざまな感情でいっぱいになる僕に比して、死の縁から生還した騎士は、

「みんなは——」

当然のごとく自分以外の誰かを気遣った。

「無事、か？」

「無事だよ！」思わず声が大きくなる。「ジェフもリリーちゃんも、みんな無事だよ！　君のおかげでみんな助かったんだよ！」

僕が叫ぶと、彼女は静かに、

「ならば、良い……」

その唇が、安心したように緩んだ。

眼帯の上に、とめどなく雫が落ちる。僕はただ涙が止まらず、彼女は不思議そうに、眼帯越

しに僕を見つめていた。

3

朝になると、彼女は上体を起こせるようになり、それから少しだけ水を飲んだ。それからまた半日ほど眠り続けた翌日に、彼女はやっとわずかな食事ができるようになり、スープにひたした柔らかいパンをひとかけら食べ、それからまた眠った。その間も僕は治癒魔術を続け、彼女の血色はだんだんと良くなっていった。

そして、彼女が意識を取り戻して十日ほどが経った夜。

「入るよ、ジーク」

僕はスープとパンを載せたトレーを持って、彼女の寝室を訪れる。

（あ、またやってる……）

ジークフリーデは静かにベッドで上体を起こし、腕を折り曲げたり、伸ばす運動をしていた。両腕とも、切断されたのは肘から少し下の部分なので、肘を曲げ伸ばしする動作は一応できるとはいえ、それは彼女の驚異的な回復力と、強靭な精神力のなせる業だった。

「まだ無理しちゃ駄目だよ」

「このくらいは何でもない」

「……もう。はい、お食事」

「かたじけない」

そう答えながら、彼女は運動をやめない。何度注意しても一向にやめる気配はないので、最近は僕も強く注意しない。

最初のうちは、彼女がトレーニングを始めたのを見て、また何かしでかすんじゃないかと不安にもなった。しかしよくよく考えてみれば、今回は両眼のみならず両腕まで失ったのだ。剣すら握れないのに騎士も戦闘もあったものではない。

（さすがに、ただのリハビリだよね……）

自分に言い聞かせて、僕はベッド脇の椅子に座る。

「はい、そこまで。食事にするよ」

「あと百回は……」

「だめだめ、ご飯が先」

「ぬ……」

不本意そうな声を出すと、彼女はしぶしぶといった感じで向き直る。その様子がちょっと子供っぽくて、僕は苦笑しながら布地で額の汗を拭ってやる。

「食事が終わったら体を拭こうね」

「駄目だよ、汗を掻いてるんだし。それに治癒魔術は相手が裸のほうがやりやすいんだ」

「ぬう……」

「必要ない」

　こんな感じで、最近は専ら僕が進んで彼女の世話を焼いている。彼女がこうなったのは僕のせいだからそれは当然だけど、いくらか彼女も僕を頼ってくれているようで、少しだけそれが慰めにはなっている。

「はい、アーン」

「ふざけるな」

「ふざけてないよ。口を開けて」

「そこに置け。自分で飲む」

「それで前にこぼしたよね？」

「ぬう……」彼女は同じ台詞でまたうなると、しおらしく口を開ける。薄くて形の良い唇が開くと、僕はそこに「ふー、ふー」と冷ましたスープを静かに運ぶ。

「あっつ」

「あ、ごめん」

「いや大丈夫だ」

「君って本当に弱音を吐かないね」

「騎士たる者、弱音は叙任前に捨ててきた」

「はい、アーン」

「ぬう」

こんな感じで、ここ数日は僕と彼女はともに治癒と療養に勤しんでいる。

心配がないわけではなかった。彼女は意識不明の間も「ロザリンデ」の名をつぶやいていたし、今も本当のところ何を考えているのかは分からない。だけど、さすがにこの体で再びロザリンデのもとに——死地に赴くことだけはないだろうから、その点だけは僕も安心していた。

もう、彼女がロザリンデに会いに行くことはない。

そんなことを考えながら、スプーンを往復させ、やがて食事の介助が終わる。なんだかんだ、彼女は毎回よく食べるので、それはそれで嬉しい。

「じゃあ、食器を片付けてくるから、大人しくしててね」

「子供扱いするな」

「だって君、すぐに修練を始めるじゃない」

「騎士のたしなみだ」

「もう……」

呆れつつ、やはり強くは言わない。リハビリに前向きなのは良いことだし、無気力で塞ぎ込んでしまうよりはよっぽどいいからだ。

僕は食器を重ねると、「本当に、無理しちゃ駄目だからね」と一応注意だけはして、彼女の部屋を後にした。

「さて……と」

ひとまず食器を水桶につけて、僕は次の仕事に移る。

ジークフリーデとは別に用意された朝食――といっても保存用のプブレットと温め直したスープだけ――を持って廊下を歩く。教会の聖アルドラシル像の裏側には、一見すると金庫のような小さな扉があり、そこには古い錠前が付いている。鍵を使って錠前を外し、頑丈そうな扉を肩で押すようにギギィと開くと、その向こうには日中なのに妙に薄暗い廊下が続いている。

ここから先は、シスター・グラニアなど限られた者以外は立ち入り禁止の区画となっており、僕は『給仕係』として特別に入室を許されている。

そして、この特別な区画に何があるかというと。

（おとなしくしてるかな……）

足元に気をつけつつ角を曲がると、突き当たりには鉄の柵に囲まれた手狭な空間。いわゆる独房というやつで、その中には一人の『囚人』が座っている。ちなみに独房なんてものがあるのは、この教会が今のように寂れていなかった時代に、禁忌を犯した教徒を閉じ込める習わしがあったからだとシスターに聞かされた。

「朝食、持って来たよ」

僕は鉄柵の隙間から、食事を差し入れる。返事はなく、ただこちらをじっと見つめる気配だけを感じる。

「傷は大丈夫？　痛むようなら遠慮なく言ってね。あとでシスターが桶と水を持ってくるから、化膿しないように傷口は清潔にしてね」

「…………」

囚人は黙ったまま、何も言わない。

僕はひとつ息を吐き、

「ちゃんと食べるんだよ、イザベラ」

「……気やすく呼ぶな」

やっと返事がある。

赤髪の少女が、足を鎖に繋がれたままこちらを睨む。

独房に入っている囚人は、イザベラ・バルテリンク。王国騎士団の若き副団長であり、二つ名は『王国の刃』。

あの日――ジークフリーデが両腕を失った日。一騎打ちをしたイザベラは、敗北してそのまま意識不明となった。女王ロザリンデが『そやつは王国の恥さらし、捨ておけい』と命じたことから、兵士も民間人も、誰もがイザベラに近寄ることすらできず、大聖堂の前で野ざらしのようになっていた。見かねた僕たちは彼女を教会まで運ぶことにして、僕の治癒魔術で応急処置を施したあとは、シスター・グラニアとも相談し、ひとまず『囚人』としてこの独房に入ってもらっている。

――いつだって、あなたの背中を追っていた……ッ!!

あの日の『決闘』を思い出すと、僕はなんだか複雑な気持ちが湧く。

最初は、ただの恐い人だと思っていた。殺気に満ちた眼差しで、その凶器を振り回し、ジークフリーデをつけ狙う剣術の達人。

(――でも)

ジークフリーデと決闘していたときの彼女の姿は、それまでのイメージとはどこか違った。騎士でもなく、王宮の刺客でもない、そう、彼女がジークフリーデを『先輩』と呼ぶように、生身で、等身大の、一人の『後輩』としての少女の姿を見た気がした。最後、彼女の目元に浮かんでいた光の粒は、きっと見間違いじゃない。

(いつまでも閉じ込めておくわけにもいかないし……これからどうしよう)

そんなことを思いながら、独房を後にしたとき。

ふいに、大きな音がした。

「――ッ！」

それは何かが炸裂するような、甲高い音。びっくりして思わずつんのめる。

（これって……！）

慌てて踵を返し、廊下を戻る。鍵束をチャカチャカと揺らしながら角を曲がると、

「あぁ……もう」

驚愕とも、安堵ともつかぬ声で、僕は息を漏らす。

独房内には、先ほどと同じようにイザベラ・バルテリンクがいた。だが、さっきと違うのは、彼女が右手を左手で押さえるようにしたまま、顔を歪めている点だ。その手首には光の円環が手錠のごとく受かんでいる。

「やっぱり、ね」

「ど、どういうことだ……」

イザベラが戸惑った顔をしつつ僕を睨む。

「えーっと……」僕は床を見渡し、それから「あ、これね」と落ちていた細い棒状のものを拾う。それは先ほど食事用に渡したスプーンで、今は先端が割れて鋭い『針』のようになっている。彼女が加工したのだろう。

「これで、首の血管を切ろうとした、と」

「なぜ……」

「ん～、なんだろ。なんとなくかな」

先ほどの音の理由は、僕が原因だった。イザベラの体に、予め（あらかじ）目立たぬように『魔術紋（ルーン）』を仕込み（具体的にはうなじと、背中、肩など、本人が見えない箇所だ）、彼女の『肉体』に危害が加えられたときに、一時的に攻撃を防ぐ仕掛けを施した。もちろん独房には彼女一人しかいないので、これは要するに、彼女の『自害』を防ぐ狙いだ。

「君、わりと思い詰めるタイプだと思ったから、念のためにね」

「くっ……」

イザベラは、悔しそうに僕を睨み（にら）、

「殺せ……。これでは、生き恥だ……」

項垂れ（うなだ）て、前髪が彼女の顔を隠す。

「生き恥なんてことはないと思うけど」

「魔術師（メルルーシ）のおまえには分からぬ」

「君の戦いぶり、立派だったよ。結果は敗北でも、あの戦いを恥ずかしいと思う者がいるのなら、それは目が曇っているんだ」

「おためごかしはいい。かえってみじめだ」

「ごめん」

とっさに謝ったのは、彼女の誇りを傷つけたと感じたからだ。この騎士にとって、こうして囚人として繋がれていること自体が屈辱的で、それゆえに自害を図った――魔術師である僕には騎士道とか難しいことは分からないけれど、囚人になることの孤独と辛苦は、僕自身もつい最近経験したので理解できる。

「ひとつ、訊いていいかな」

「断る」

「もう……」

取り付く島もない。なんだかちょっと、ジークフリーデに似ている。

「ジークは、君と同じ騎士団にいたんだよね。いったい何があったの？」

「おまえに話すことなど何もない」

むう。にべもない。

少し考えて、切り口を変える。こういう口八丁は僕の得意分野だ。

「君、ここでだいぶご飯食べたり、泊まったりしてるよね？　それって、えー、ヤポニカの格言で、一宿一飯の恩義って言うんじゃない？」

「何が言いたい」

「食べた分くらいは、僕にも何か返してよ。ジークや女王のことで、どんな細かい情報でもいいから教えてほしい」

「私に国を売れと言うのか」

「頭カタイなあ。もう少し損得を考えなよ。事情が事情なんだしさ」

「知るか、主君を売るは騎士道ならぬ外道のすることだ」

どうもそりが合わない。ジークフリーデといい、彼女といい、損得で行動しない相手はいろいろやりづらい。僕が商人の娘だから、話が合わないのかな。

「だいたい、おまえだって私と似たようなものだろう」

「え？　僕が？」

意外な指摘に驚く。

「陛下の御前で、貝のように口を閉ざし、結局先輩のことを一言もしゃべらなかった。どうかしている」

「あー」

反論できない。確かに、あのときの僕はどうかしていた。

「ほら、損得を超えたことって、あるじゃない？」

「さっきと言ってることが矛盾してないか」

「あ、あれ、そうかな？」

「……ふん」

少し、会話になってくる。

僕が必死に話題を繋ごうとしているのには理由がある。

——ジークフリーデ・クリューガーと、一騎打ちをさせてください。

——私がクリューガーに勝利した暁には、この者の処遇、どうか私に一任を。

——いつだって、あなたの背中を追っていた……ッ!!

訊きたいことがあった。

「あのさ。君って……、ジークと付き合い、長いんだよね?」

「何が言いたい?」

彼女はあくまで喧嘩腰だ。

「ジークとはどんな関係だったの? ずいぶん親しいようだったけど」

「そんなことを訊いてどうする」

「僕、知りたいんだ。ジークがどんな人か。どういう生い立ちで、『ああいう人』になったのか」

「ああいう人?」

「えーと……」

少し考えてから、告げる。

「ほとんど見ず知らずの僕なんかのために、自分の腕を差し出すような人」

イザベラはじっと僕を見て、それから、

「……先輩は、そういう人なのだ」

ぽつりと言った。

「前から？」

「……ああ」

遅れて答えると、彼女は何かを思い出したように、視線を伏せた。

「いつも『先輩』って呼んでるけど……それって騎士団の先輩後輩ってこと？」

「それもある」

「じゃあ入団前から？」

「……道場から」

しぶしぶながら答えてくれるのを見て、僕はそれとなく察する。ジークフリーデの話題は、この少女にとっても特別なのだろう。そんな気がした。

「昔から、あんなに頑固だった？」

「頑固だった」

「無口なのも？」

「ああ」

「全然笑わないところも？」

「そうだ」

質問を繋ぐ。

「道場ってことは、いっしょに稽古したの？」

「無論だ」

「どんな先輩だった？」

「どんな、とは？」

「厳しいとか、優しいとか」

「先輩は厳しかった」

「やっぱり」

「でも優しかった」

「え？」

「あ……」そこまで話し、彼女は自分が思いがけないことを口走ったというように、唇をきゅっとつぐんだ。

「じゃあさ、あの勝負で――」

それはずっと気になっていたこと。

「もしもジークに勝ったら、どうするつもりだったの？」

「それは……」

彼女は答えかけて、口を閉じる。自分の中の答えを探すようにして、でも何も言えずに、赤髪の少女は自分の両膝を抱き寄せる。瞳がわずかに潤み、それを前髪に隠すように、視線を伏せる。

似ている、と思った。

ジークフリーデのことが気になって、その背中を追いかけて、でも彼女はロザリンデのことしか見ていなくて……そんなイザベラを見ていると、なんだか最近の自分を見ているような気になってくる。

もっと言うと、羨ましいと思った。同じ道場で、幾度も稽古を重ね、きっと騎士団でも背中を預けて戦場を駆けたのだろう。彼女は僕なんかよりも、ずっとジークフリーデのことを知っていて、いっしょに長い時間を過ごしてきたのだ。

だから、つい、ちょっとだけ意地悪な気持ちが手伝って、

「ジークのこと、好きなんだね」

「――ッ⁉」

イザベラの顔が急に赤くなる。

「な、な、なっ……」

呂律（ろれつ）がうまく回らない。

「何を言い出すのだ、貴様はっ！　す、す、好きとか嫌いとか、私の先輩に対する想（おも）いは、決

してそんな浮ついた感情ではないッ!!」

「でも君、顔真っ赤だよ」

「なっ──」

そのときだ。


「──ここにいたのか」

背後で声がした。

振り向くと、そこには眼帯の少女が立っている。

「……ッ」

イザベラが息を呑み、「せんぱ、い……」と声を漏らす。このタイミングで彼女と会うとは思わなかったのか、しゃっくりをする直前の人みたいに変な固まり方をしている。

「どうしたの、ジーク」

「様子を見に来た。さっきの音はなんだ」

どうやら先ほどの音──僕がイザベラの自害防止のために掛けていた防御魔術の発動音──を聞きつけてやってきたらしい。慌てていたので独房に続く扉も開けっ放しだったかも。

「何事だ」

「えーと、まあ、いろいろあって」

「？」

イザベラの自害未遂をわざわざ伝えるのもどうかと思い、適当にはぐらかす。

すると、

「あ、あの、先輩……」

イザベラの顔は、先ほどの赤い顔から、今度はやけに青白くなっていた。

「腕の、お加減、は……」

その視線はジークフリーデの腕——今はなき両腕に注がれている。

「腕？　ああ、問題ない」

「………」

あまりにも平然と答えるジークフリーデに、イザベラは言葉をなくしたように口を半開きにする。両腕を失った相手から、「問題ない」という返事が来たことに愕然(がくぜん)としているように見えた。

ジークフリーデの『両腕』のことは、すでにイザベラも知っているはずだった。だが、実際に両腕のない当人を目の当(まあ)たりにして、改めて何かを感じたようだった。その胸中は僕には分からないが、今のイザベラはひどく小さくなったような気がする。

「イザベラ」

「は、はい」

答える声は震えている。

「怪我は、どうだ？」

「……え？」

それはシンプルな、だが不可思議な質問だった。

両腕を失ったジークフリーデが、イザベラの怪我の具合を心配している。イザベラを守るために、自らの腕を捧げた彼女が。

「？　どうした？」

「あ……は、ぃ……」声が小さくなる。「だ、だいじょうぶ、です……」

「そうか、良かった」

ジークフリーデはさらりと返す。心なしか、口元が微笑んでいるように見えるのは、後輩に対する労りの情ゆえか。その視線が居たたまれないというように、後輩のほうは視線を伏せている。

ジークフリーデは、無言でイザベラに近寄ると、軽く足を振り上げた。

「え？　何をす――」

尋ねる前に、バキンと音がして、イザベラの足枷を繋いでいた鎖が粉々になる。いったいどんな脚力なのかと驚くが、考えてみれば彼女はいつも常人離れしていた。

「ちょっと、何してるの」

「彼女には必要ない」

「はあ？」

ジークフリーデは不愉快そうに眉を顰め、

「誇り高き騎士を、鉄鎖で繋ぐなどあるまじきこと」

と、僕を見下ろす。

「もう……あとでシスターになんて言うんだよ」

そう言いながら、僕は鍵束から足枷用の鍵を選び、イザベラの足枷の鍵穴に差し入れる。すでに鎖が切れて用をなしていないが、それならもう解錠しても同じことだ。

「先輩、どうして……」

足枷が外れたイザベラは、信じられないというふうにジークフリーデを見上げる。

「おまえを釈放する。いつでも立ち去っていい」

「え……え？」

イザベラは目を丸くする。

ジークフリーデは静かに背を向けて、独房を出ていこうとする。

「せ、先輩……！」

イザベラが声を掛けると、彼女が立ち止まった。

「よ、よろしいのですか？」

「何がだ？」

「私を釈放して」

「不服か？」

「い、いえ……」イザベラは砕かれた枷を見下ろし、なおも戸惑いを隠せない。

それから、ハッとした顔で、

「先輩は、これから、どうなさるおつもりですか？」

「…………」

「先輩、まさか、そのお体で――」

「…………」

ジークフリーデは質問には答えず、

「達者でな」

それだけ言うと、静かに廊下の向こうに消えていった。

ジークフリーデが去ったあと、イザベラは悔しげに唇を嚙み、うなだれた。まるで捨てられた子供のような、その悲痛な顔。

「大丈夫だよ、そんなに心配しなくても」僕は彼女を励ます。「さすがにあの体だもん。無茶はしないって」

「おまえは何も分かっていない」

「え？」

長く苦楽を共にした後輩は、まるで自分を責めるように、同じ言葉を繰り返した。

「おまえは先輩という人を、何も分かっていない」

「どういう意味？」

イザベラはそれきり何も答えなかった。その足元には、砕け散った鎖の破片が転がっており、それはどこか、断ち切られた絆のように、物悲しい光を放っていた。

【memories】──オットー・ハウプトマン

夢を見ていた。

それは、何度も繰り返し見た、僕の生涯で決して忘れることのできない瞬間。

その日は、たまたま狩りに出かけていた。師匠が「たまには肉が食べたいねぇ」なんて言うものだから、張り切って野山を駆け、小さいけれど野ウサギ二羽をどうにか仕留めてきた。

でも、今思えば──師匠はきっと、自分の死期を悟っていたのだと思う。

もうすぐ師匠の山小屋だ、と思った帰り道。

(──あ)

何かが見えた。

レムル川の支流の名もなき小川のほとりに、扇のように広がった水色の髪の毛と、白いローブが見えた。それが倒れている女性だと認識するのに瞬きするほどの時間も必要なかった。

「師匠……ッ!?」

声が裏返った。走った。荷物を放り棄てたらそれは僕よりも早く獣道を転がった。

小川の水に、半分浸るように倒れていたのは、僕の最愛の師匠──

希代の大魔術師キュリオス・ル・ムーン。

「し、師匠⁉　どうされたんですか⁉　師匠⁉」

僕は師匠を助け起こし、「念動(キネシス)！」と叫ぶ。師匠の体が浮き上がり、水滴がボタボタと髪と衣服から垂れる。

「包体(クルム)！　あと、あと……温気(フォート)！」

減らず口と治癒魔術だけは一丁前だな、という師匠の言葉どおり、それは瞬時に発動して、師匠の体を温かな気体で包む。いったい師匠はいつから倒れていたのか。その白い肌にはまったく血の気がなくて、僕はどんどん動悸(どうき)がおかしくなる。

「う、く……」

魔術で宙に浮かせた師匠の体を、そっと柔らかな草むらに横たえる。ぐったりと伸びた手足にはまるで生きている気配がなく、僕はただただ悪い予感に囚(とら)われる。

「師匠、師匠……！　目を覚まして下さい、師匠ぉ……」

途中から涙声になったとき、

（——！）

ぴくりと、その瞼(まぶた)が動いた——ような気がした。

そして。

「……ォ……」

蚊の鳴くような声で、乾いた唇から、言葉が漏れた。

「オッ……トー、……か？」

うっすらと、瞼が開かれる。紫がかった瞳に僕が映ったとき、僕の胸に熱いものが込み上げる。

「あぁ、良かった師匠、死んじゃったのかと思った〜」師匠の体を抱きかかえたまま、僕は涙目で訴える。「もう、人騒がせなんだからぁ〜」

「ふ……」

師匠の唇が、わずかに微笑む。そうだ、大丈夫、最近ちょっとだけ体調悪くてゴホゴホ言ってた師匠だけど、大丈夫、だって僕の師匠だもん、大魔術師キュリオス・ル・ムーンが病魔なんかに負けるはずない。

だって師匠は世界一の魔術師なんだから。

「さあ、家に戻りましょう。野ウサギ狩ってきたからルリシア風のシチューにしましょう」

「わしの……体は……」

「いいです、師匠、しゃべらないで」

聞きたくなかった。

でも知っていた。

この一ヶ月——いや正確には、三年前に出会ってからずっとそうだったのかもしれない——師匠は体を病んでいた。宮廷魔術師を引退した理由がそれに起因しているだろうことも、直接は訊かなかったけれど薄々察していた。咳き込む回数は徐々に増え、でも暖かい季節には調子が良さそうだったりして、だけど三度目の冬は、越せないかもしれないと、赤いものが混じった師匠のローブを洗濯するたびに感じていた。

「師匠、いま、治癒魔術を――」

「いらん」

首を振る気力もないのか、ただ唇だけで物を言う。

「もうやっとる」

いくらか方言の交じる言葉で、師匠は静かに告げる。

(そう。そうなんだ)

すでに治癒魔術を掛けてこの状態。世界一の大魔術師――キュリオス・ル・ムーンが、ずっと治癒魔術を自分自身に掛け続けて、それでも限界が来たのだ。

「オッ……トー。わしが、死んだら……」

「そんなこと聞きたくないです。師匠は死にません。師匠は不死身なんです。キュリオス・ル・ムーンは世界一なんですから」

僕は駄々っ子のように続ける。眼鏡が曇って、レンズに涙が落ちる。

そんな僕を見て、また師匠はかすかに微笑んだ。どうしてこんなときに笑えるのか、僕には分からない。

「最後に、頼みがある」

「最後なんて……」

「聞け、オットー。……大魔術典(ラ・メルディア)」

そこで、師匠の前に一冊の本が出現する。

「これをおまえに託す」

「え……」

大魔術典は師匠の悲願だった。

「わしは――」

その瞳が遠くを見つめる。

「過(あやま)ちを犯した。取り返しのつかない、多くの過(あやま)ちを」

「過(あやま)ち？」

「もし、おまえが……大魔術典を、最後の一ページまで埋められるほどに、成長したならば」

師匠は悲痛な声で懇願する。

「そのときはおまえの手で、これを――」

そこで師匠の唇から、赤いものが滴(したた)る。

「師匠、でも……」

「頼む」

目を見開いて、僕の手を強く握る。

「おまえにしか、託せない」

「……分かり、ました」

「ならばよい」

そこまで言うと、師匠の顔がふっと緩んだ。険しかった顔が、今はすべてを成し遂げたように緩み、それが僕には怖い。

「こうして……手を、繋いで、いると……」

その瞳は、あまりにも虚ろで、何か遠い昔の出来事を思い出すように、焦点が曖昧で。

「思い出すなぁ……おまえが、流行り病の、高熱で……」

「師匠、もうしゃべっちゃ——」

「あのとき、おまえは……まだ、十一歳で、そうだ、わしのベッドに、よく、潜り込んできて……」

それは僕が師匠と出会って間もないころ。僕がまだ、今よりもっと小さくて、幼くて、父を亡くした孤独感を引きずっていたころ。

「おまえは、わしの手を……ひしと、握って……指を絡めて、離れまいとしていた……」

思い出が蘇る。脳裏に、ありありと。

父を亡くし、天涯孤独となった僕は、商人の父が遺した品の中に、一冊の魔術書を見つけた。

悪い商売仇たちが、金目のものはあらかた持ち去ってしまったけれど、その魔術書だけは残っていた。魔術は時代遅れだから、という理由で。

それが僕と魔術の出会いだった。その魔術書を読み込んで、自学自習で魔術の初歩を身に付け、そして怖いもの知らずの僕は、大魔術師の門戸を叩いた。すべてが懐かしく、そして遠い日の残光。

元々、僕は母を知らない。ずっと父と二人だけの家族で、その父を病で亡くした。そんな僕にとって、この美人で強情で酒好きで偏屈な師匠こそが、親代わりであり、親以上だった。

「わしは……」その手が僕の手を、慈しむように撫でる。「とある、事情で……国に、帰れぬ身分だった……」

（——え？）

それは初耳だった。

「王都を、落ち延びて……もう、ここで……何も、良いこともなく……、人知れず、朽ち果てるのだと、思っていた……」

見たこともない表情で、師匠は自身の晩年を語る。

「すべてを、なくし……この体も、衰え、朽ちて……もう終わりだ、と思っていたときに……」

そこで師匠の瞳に、僕が映る。

「おまえが来た」

それは三年前の、小雪のちらつく一日。人里離れた山小屋に住むという、変わり者の隠遁魔術師を訪ねた、これまた変わり者の浮浪児の話。

「オットー、おまえは……、いきなり、やってきて……わしを褒めちぎったかと、思えば……、弟子にしろ、でなきゃここから動かない、と……無茶苦茶、言い出して」

「すみま、せん……」

謝る僕の声は震えている。

「それから、本当に、家の前に、座り込んで……迷惑なガキだ、でもそのうち諦めるだろう、と思っていたら、真冬の、山で……七日七晩も……居座りおって」

「あのときは、空腹と、寒さで、死ぬかと思いました」

いつもの軽口が、今日だけ舌がもつれる。師匠の体がどんどん冷えていく。

「おまえは……出された粥を、野良犬みたいに、ガツガツ、食って……」

「あれ、人生で一番美味しかったです」

「いびきが、うるさくて……」

「師匠に言われたくないです」

「初めて教えた魔術は、家の屋根を、吹き飛ばした……」

「師匠が、思いっきりやれって、言うから……」

蘇（よみがえ）る思い出は、厳しい修行も、他愛のないやりとりも、つまらぬ喧嘩（けんか）も、すべてが懐（なつ）かしくて、でも今は切なくて。

「娘が……できた気分だった」初めて聞いた本当の気持ちは、言葉に血が混じって、「おまえが、いた、この三年間は……」

その瞳に涙はなく、ただ僕だけが、手を握りしめて泣いている。

その冷え切った手から伝わる、魔力の反応で分かる。

「いやだ……」

僕は両手で師匠の手を握る。もう握り返して来ない手を。

「やだ、やだ……死んじゃやだ……」

それは意図せずに出た言葉。

「お母さん……」

涙が、師匠の瞼（まぶた）に落ちる。

すると、その瞼（まぶた）に落ちた涙は、まるで師匠の涙のように、頬を流れて、

「オッ……トー……」

涙はとめどなく落ちて、

「泣き虫な……ところ、は……昔から、変わらん、なあ……」

「だって……」

「わし、は……」

その手が、体が、風に吹かれ、サラサラと崩れていく。

「今、この、ときの、ために……」それは師匠が使った最後の魔術。『生』を、受けたのかも、しれぬなぁ……」

その乾いた唇が、かすかに動き、

「さらばだ」

その言葉とともに、目がくらむような光が僕を包む。一度目を閉じて、かろうじて薄目で世界を見ると、僕と師匠、二人の体が白い光に包まれている。それはとてもあったかくて、でも、命の最期(さいご)を示す、哀(かな)しい輝きだった。

まばゆいばかりの光の中で、最後の呪文は、静かに唱えられた。

「──解放(ファーン)」

次の瞬間。

師匠の体は、いきなり金色の砂粒のように浮かび上がり、それは大魔術典に吸い込まれる。

ローブが膝に落ちて、それはぺしゃんこで、もうそこには何もなかった。

一冊の本だけを遺して。

「あ、あ……」

最愛の人を失った僕は、

「あぁぁあああああ――――っ」

慟哭した。

第二章　義手

1

「トー姉ちゃん、おやつまだー？」

「いまシスターが準備してるから、ちょっと待っててね！」

「トー姉ちゃん、遊ぼ、遊ぼ！」

「ごめんね、お姉ちゃん今ちょっと忙しいから、また後でね！」

「お姉ちゃ～～ん、リットくんが、リットくんが、メイちゃんのお人形さん返してくれないの～～!!」

「コラ、リットくん！　メイちゃんいじめちゃダメでしょ！」

「ベー」

「うあああん!!」

「あ、シーちゃん転んじゃったのね！　おー、よちよち、いまお姉ちゃんが治してあげるから。はい、動かないでね……止血(スーラ)！」

「オットーさん、夕飯の仕込み、手伝ってちょうだい〜！」

「はーい、ただいま！」

まとわりつく子供たちを振り切りながら、僕は忙しく教会内を動き回る。最近は朝から晩まで家事の手伝いと子供たちのお守りで大わらわだ。

「オットーさんごめんなさいね〜、いいように使っちゃって」

「いえ、居候させてもらってますから、これくらいは当然です」

「じゃあ悪いけど、この芋を剥いて水にさらしといてくれる？」

「はい、分かりました！　って、いっぱいありますね……」

僕は腕まくりをして、くるりとナイフを手のひらで回す。世界を股にかけて旅をしたせいで、この手の自炊は慣れたものだ。

「それが終わったら洗濯物の取り込みをお願いね。あと、破れた毛布を繕うのもお願いしていいかしら。あと――」

「え、あ、アハハ、やること、けっこう、ありますね……」

シスター・グラニアは何気に人使いが荒い。居候の分際なので文句はないが、だんだんこの教会に根を張ってしまいそうで自分でもちょっと怖い。

洗濯物は……魔術で取り込んじゃおうかな！

ちょいちょい魔術を使い、家事の合理化を図りながら、

『念動(キネシス)！』

僕は慌ただしい日々を送るのだった。

そして夕方。

廊下を進み、いつもの部屋をノックする。

「…………」

「僕だよ、夕飯持ってきた」

「…………」

返事はないが、扉を開ける。室内に入ると、部屋の中央にはジークフリーデがいて、

「くっ……」

彼女がスプーンを取り落とす。

「何してるの？」

僕はベッドに落ちたスプーンを拾い上げ、軽く埃(ほこり)を払い、彼女に返す。眼帯の少女はスプーンを口で噛(か)むようにして受け取る。

「どうするの、それ？」

「…………」

彼女は無言で、口にしたスプーンの『柄』を、自分の右腕に近づける。どうやら包帯の巻かれた右腕の切断面に、それをくっつけようとしているようだった。仕草からして、包帯の隙間に細長い柄を差し込もうとしているように見える。

「もしかして、一人で食事するつもり？」

「……ああ」

彼女はスプーンを噛んだまま、くぐもった声で答える。

「手伝うよ」

「いい」

彼女は頑なに拒む。それからまた、包帯の隙間にスプーンを差し込もうと努力を続けるが、なかなかうまくいかない。包帯でスプーンを固定し、それで食事をしようという狙いは分かるが、そもそも最初の段階でつまずいている。

時が経つ。

彼女とスプーンとの格闘が延々と続き、皿の中のスープが徐々に冷めていくのを見かねて、

「——はい、今日はここまで！」

僕はスプーンをそっと摘まむと、彼女の口から引き抜く。

「ひとまず、今日は僕が食べさせてあげるから」

「大丈夫だ」

「主治医の言うことは聞くもんだよ？　リハビリのことはいっしょに考えてあげるから」

「ぬ……」

彼女はやや不満げに「ふん」と鼻を鳴らし、それからベッド上で向き直る。

「はい、あーん」

「その掛け声はいらない」

「はい、あ～ん」

「…………」

彼女は顔をしかめ、しぶしぶといった様子で唇を開く。その薄桃色の唇に、僕はスープをゆっくり運ぶ。

「おいしい？」

「ああ」

「良かった」

繰り返し、スプーンで食事を彼女の口元に運ぶ。彼女にとっては不本意かもしれないが、僕にとってはジークフリーデの役に立てている実感があり、食事の時間は大切なひとときだった。

ちょっとだけ甘い雰囲気の食事を終えると、

「じゃあ、腕の具合を診ようか」

「……ああ」

彼女はベッドに座ったまま、僕のほうに腕を差し出す。食後は傷口の診察と包帯交換というのがすっかり日課になっている。

「うん、患部は綺麗(きれい)ね。——消毒(キロン)」

痛々しかった切断面も、今では薄皮が張り、皮膚の再生が始まっている。この分なら包帯が外せる日も近そうだ……と思いながら、治癒魔術で傷口の消毒を済ませる。

包帯を新しいものに交換しながら、

「今ごろ、どうしてるかな……」

「何のことだ？」

「イザベラ」

僕がその名を口にすると、ジークフリーデは「ああ……」と短く答える。

それは、数日前に出ていった、彼女の『後輩』の名前。

——おまえを釈放する。いつでも立ち去っていい。

あの日の夜、イザベラ・バルテリンクは姿を消した。翌朝に独房を訪れたときには蛻(もぬけ)の殻(から)で、それきり姿を見ていない。ジークフリーデが『釈放』したのだからそれも当然だったが、その点を咎(とが)めなかった僕も同罪だった。

「心配ない」

先輩の騎士は、後輩のことを静かに語る。

「イザベラは誇り高く、義理に厚い騎士だ。この教会を売るような真似はしない」

「だといいけど……」

そこまで悪い人には見えなかったし、ジークフリーデのことを優しい目で語る彼女のことを信用したい気持ちもあった。だが、あくまで相手は王国の騎士であり、僕たちは王国に対する『反逆者』だ。もしイザベラが通報すれば、今日明日にでも騎士団が大挙してこの教会を包囲しないとも限らない。シスター・グラニアに報告すると、彼女は言葉少なく「そう……、ジークフリーデらしいわね」と特に咎める様子もなく、そのままこの件は不問に付された。もしかすると、過去にも似たようなことがあったのかもしれない。

「……それに、イザベラは騎士団に戻らぬと思う」

眼帯の騎士はぽつりとつぶやく。「どうして？」と僕は包帯を薬箱に仕舞いながら顔を上げる。

「彼女は誇り高いと言っただろう。自ら一騎打ちを申し出て敗れた挙句、陛下に『恥さらし』とまで言われたのだ。おめおめと騎士団に戻るとは思えない」

「じゃあ、彼女どうするの？」

「心配ない。私の知るイザベラ・バルテリンクは簡単に野垂れ死ぬようなタマではない」

「まあ、強いのは認めるけど……」

薬箱をパタンと閉め、あの赤髪の騎士のことを思い出す。頑固で、強情で、でもどこか脆い部分のある少女。そんな彼女が騎士団に戻らず、これからどうやって生きていくのか。思いつめるタイプだと思うから、無茶しなきゃいいけど。

心配は他にもあった。

それは先日、イザベラが発した言葉。

——先輩は、これから、どうなさるおつもりですか？

あのときの問いかけに、ジークフリーデは何も答えなかった。あの沈黙が何を意味するのか、僕はずっと気になっていた。

——おまえは先輩という人を、何も分かっていない。

「あのさ、ジーク」

「なんだ」

ふと、彼女の腕が視界に入る。包帯を交換したばかりの、肘の少し下から先が存在しない両腕。

「……ううん、なんでもない」

僕は言葉を飲み込むと、

「じゃあ、また明日ね。おやすみ」

「ああ」

ジークフリーデは短く答えると、また腕を動かし始める。スプーンをくわえ、その柄を腕の包帯の隙間に差し込もうと悪戦苦闘を始める。

「…………」

僕は何か喉につかえたような気持ちで、部屋を後にした。

2

その夜。

「あー、疲れた……」

食器を洗ったり、子供たちを寝かしつけたりなど、今日も慌ただしい一日を締めくくろうとしたときだった。

「ん……？」

角を曲がると、廊下には一人の人物がいた。

夜の闇の下、そこだけ切り取られたように月光を浴びて、静かに佇む車椅子の少女。墓地だらけの庭を背景に、顔を包帯で巻いたその姿は、まるで教会に棲みついた亡霊のような印象。

「ラーラ……？」

声を掛けると、少女は車椅子を動かし、ゆっくりと振り向いた。包帯で巻かれた顔からは目と口だけが覗き、それらは穏やかな微笑を浮かべている。

ラーラ・リート。全身を包帯に巻かれたこの車椅子の少女は、ジークフリーデの友人でもあり、物腰が柔らかな上品な少女だ。ただ、三年前にこの教会の前で行き倒れていたときから記憶がないらしい。全身に巻かれた包帯の下には、『魔術紋（ルーン）』と呼ばれる特殊な魔術文字がびっしりと書き込まれており、以前僕がそれを調べようとしたとき、いきなり彼女の『首輪』が光って吹っ飛ばされたのは今でもよく覚えている。

視線が合うと、少女は丁寧な会釈（えしゃく）をする。顎の下には問題の『首輪』が嵌（は）められており、そのために少女は会釈（えしゃく）をするときに少しだけ窮屈そうな動作になった。

彼女が車椅子を動かしてこちらに来ようとしたので、

「あ、いいよ。僕がそっち行くから」

足早に彼女の元まで歩いていく。

僕が隣まで来ると、ラーラは膝の上に置いてある巻物――『竹簡』を手に取る。小さな小瓶に筆先をちょいと浸すと、さらさらと竹簡の上に美しい文字を書いていく。

『こんばんは、オットーさん。何か御用ですか』

竹簡を掲げると、彼女はまた微笑（ほほえ）む。やはりこの少女はとても上品で、物腰がどこか庶民と違う。

「御用ってほどじゃないけど、こんな夜中にどうしたのかなって」

『なんだか、寝付けなくて』

　少女の目元が笑う。

「そっか。でも、冷えてきたし、そろそろ中に戻ったら？」

『そうですね。でも、あと少しだけ』

「じゃあ僕、毛布持ってくるね。あったかい紅茶とか淹れたら飲む？　茶葉が古いのしかないけど」

『オットーさんは、本当にお優しい方ですね』

「え？」

　少女は竹簡に書いたメッセージを掲げる。それから、またサラサラと文字を書く。

『あなたのおかげで、この教会にも活気が戻りました。子供たちも、あなたといると楽しそうです。本当にありがとうございます』

「いや、ハハハ、そんな、居候だからこれくらいは、ね」

『ジークも、喜んでいるようです。あなたのおかげで』

「え？」

　それは意外な言葉だった。

『最近は、とても良い顔で、笑うようになったと思います』

ララは柔らかく微笑む。包帯ごしで、目と口の表情しか分からないのに、彼女の笑顔はどこか華がある。

（……あれで？）

ジークフリーデのしかめっ面を思い出す。いつでも厳しい顔か、せいぜい無表情。そういや僕、彼女の笑顔って見たことあったかな？ うーん。

『だから――』

そこでララは、さらさらと手を動かし、

『ジークのそばに、いてあげてください』

竹簡のメッセージを続ける。

『ジークはきっとあなたを必要としている』

「買い被りだよ」

『いいえ、オットーさんは素晴らしい方です』

少女はにっこりと微笑む。

「そう言ってくれるのは、嬉しいけど……」

ララはなんだか不思議な少女だった。その包帯ごしの瞳には、相手を包み込むような雰囲気があって、

「なんだか僕、自信なくて」

ついつい本音を話してしまう。

「ジークは何を考えてるか分からないし、あんまり僕を頼ってくれないし、僕のせいで、あんなことになったし……」

彼女の両腕が斬り落とされる光景は、今でも夢に見る。きっと生涯、見続けるだろう。

『オットーさんは』

竹簡には、思案を重ねるようにゆっくりと文字が書かれる。

『どう思いますか』

「え?」

『あの子のこと』

「ジークのこと?」

少女はうなずく。

「どうって……」前にも話したような表現で、僕はあの眼帯の騎士を評する。「頑固で、無口で、強くて……。何があっても挫けない、なんていうか……鉄のような人?」

『鉄……そうですね』

彼女は静かに筆を動かす。

『でも』

膝に置かれた竹簡に、流麗な文字が並ぶ。

『鉄は、硬いほどに、脆い』

「………」

『あの子には、支えが必要』

「そうかなあ」

たとえ単騎でも、躊躇なく軍勢の中に突っ込んでいけるのがジークフリーデだ。支えなんて、必要とは思えない。

「僕なんか、いなくても……」

『力になってあげてください』

「力……」

『それはオットーさんにしか、できないことです』

「僕にしか、できない……？」

こくりと彼女はうなずく。

『オットーさんにしかできないこと。それが、きっとあの子の力になります』

「ララ、君はいったい……」

『……──』

返事はなかった。彼女は毛筆を掲げ、肩をすくめた。手持ちの『墨』が切れたらしく、筆先が乾いている。

「取ってこようか」

彼女は首を振る。

「……そう。じゃあ部屋に戻ろう」

気づけばだいぶ気温が下がっていた。

――力になってあげてください。

車椅子を押しながら、少女の言葉が僕の中でくるくると回る。

――オットーさんにしかできないこと。それが、きっとあの子の力になります。

僕にしか、できないこと……。

ジークフリーデのことを思い浮かべる。強靭な、鋼のような精神力を持った、孤高の騎士。

そんな彼女に、僕にできることなんてあるのだろうか？

僕にできること、なんて――

「――あ」

そこで僕は、車椅子を押す手を止めた。

思い浮かんだのは、ジークフリーデが、一生懸命スプーンと格闘していた姿。そして、ラーラが手にした竹簡と、毛先が濡れた一本の細い筆。

「ラーラ！」

僕が声を弾ませると、ラーラが振り向いた。

「あったよ！　彼女の『力』になれること！」

僕がそう叫ぶと、包帯の少女はいったん目を丸くしたあと、にっこり微笑(ほほえ)んだ。

3

そして半月ほど後。

「はい、ちょっと伸ばしてみて」

「こうか？」

ジークフリーデは右の『腕』に力を込め、それを持ち上げる。丈夫な木材と植物性の繊維で編み上げた人工の『腕』は、わずかに揺れたあと、がくりと下がる。

「つ……っ」

「ごめん、痛かった？」

「なんでもない」彼女は痛そうな表情をすぐに消して、「それにしても、大したものだな」と肘に装着した『腕』を掲げる。

「まさか『義手』まで作ってしまうとは」

——あったよ！　彼女の『力』になれること！

ラーラとの会話をヒントに、僕が思いついたアイデアがこれだった。

義手——すなわち人工の腕。

きっかけは些細（ささい）なことだった。ラーラが乗っていた車椅子や、使っていた竹簡。あれらはすべて、足が不自由だったり、口が不自由だったりする人のために作られたものだ。腕が不自由なジークフリーデのためにも、きっと何かそういう道具を用意できるかも……と考え始めたら、このアイデアにたどりついた。

「父が交易商だったから、『義手』とか『義足』は交易品でよく見かけたんだ。戦乱の復興需要とかで、手足が不自由な兵士にそういうのはよく売れたし、父もそういうものを好んで売る人だったから」

「そうか。金属のものなら、私も騎士団で見たことはあるが」

「金属は重いからね。東方にあるヤポニカだと、木材や竹細工で代用すると聞いたことがあったから、僕なりに工夫してみたらこうなった感じ。まあ見よう見まねだから作りはまだ粗いけど」

「いや、充分だ」

彼女は『義手』を持ち上げ、曲げたり伸ばしたりする。スプーンを手に取ると、それはバネじかけになった義手の手のひらにキュッと握られる。指先の細かい動きまではさすがに再現できないが、軽いものを持つくらいは問題ない。彼女の場合、両腕ともに肘の関節が無事だったことも、義手の操作を容易にしていた。

「どう？」

「良い感じだ」

彼女は得心したようにうなずき、スープを口元に運ぶ。それは少しこぼれたが、彼女の唇へと無事に運ばれる。

「じゃあ、僕は洗濯物を干してくるから、また後でね。あ、義手はまだ未完成なんだから、動かすのはほどほどに」

「ああ」

「皮膚が擦り切れるまでやっちゃ駄目だからね」

「気をつける」

ジークフリーデはさっそく、黙々と義手の曲げ伸ばしを始めている。「分かってるのかなあ……」とつぶやきつつ、僕は扉を開ける。

「魔術師（メルルーシ）」

「ん？」

ジークフリーデは穏やかな口調でこう言った。

「ありがとう」

「どういたしまして」

僕は小さく肩をすくめて、部屋を後にした。

柔らかな朝陽を浴びながら、いつもの廊下を歩く。

――ありがとう。

彼女の言葉を思い出し、思わず笑みがこぼれる。胸の奥から湧き上がる、じんわりとした温もり。

最近のジークフリーデは、ずいぶんと変わったと思う。無口なところや、堅物なところは前と同じだが、時おり見せる柔らかな表情や、感謝の言葉などが、前より多くなった気がする。

――最近は、とても良い顔で、笑うようになったと思います。

ラーラの言葉が、今なら少し分かる。声を立てて笑ったり、はっきりと笑顔を見せてくれる人ではないけれど、最近は険が取れたというか、僕に対する物腰が少しだけ、でも確かに変わった。ちょっとは信用されたってことなのかな。だったら嬉しい。

それに、ロザリンデのこともあんまり口にしなくなった――ような気がする。寝言でも聞かないし、彼女が何か無茶をする気配もない。騎士である彼女が、もう二度と戦えない体になったことには心が痛むが、一方で僕はどこかでほっとしていた。戦えないということは、もう二度とあの暴君のもとに赴くことはないということだから。

（うん、そうだよ、このまま、きっと……）

せわしなく過ぎる、穏やかな日常。一見繰り返しのように見えるけれど、僕と彼女の距離も、その先に見える未来も、確かに良い方向へと近づいてきている。あとは時間が、ゆっくりと傷を癒すように、自然に何もかもうまくいくのではないか――

だが。

このとき僕は、まだ理解していなかった。

ジークフリーデ・クリューガーという人物を、まるで理解できていなかった。


数日後のことだった。

「義手の調子はどう?」

昼食の載ったトレーを手に、扉を開ける。まずは食事をさせて、そのあとは腕の様子を診て、あとは……と午後のプランを巡らせていたとき、

(……え?)

部屋には誰もいない。

(水でも飲みに行ったのかな?)

最近の彼女はいろいろなことを一人でこなすようになってきて、教会の敷地内ならば一人で出歩くことも増えた。ジェフやリリーピアと談笑している姿もちょくちょく見られたし、だからきっとそのへんを歩いているのだろう、とこのときは思った。

　だが違った。

「──ちゃん！」

　ふいに、叫び声がした。

（！　今の！）

　僕は立ち上がり、近くの窓から外の様子を窺う。声は玄関のほうから聞こえた気がする。

「フリねえちゃん！」

　もう一度聞こえる。声の主はリリーピア。「どうしたの⁉」と叫びながら僕は廊下を走り、正面玄関に回る。

　悪い予感がした。

　そして予感はすぐに当たる。

　空きっぱなしになっていた教会の正面玄関を抜けると、

「あ……」

　僕はびくりと立ち止まる。玄関脇では「フ、フリねえちゃんが……」とリリーピアが涙をためた顔で僕を見上げる。

　そこには、一人の少女が倒れていた。

　血まみれで。

「ジーク……ッ！」

自分でも驚くほどの金切り声。

「上動（ウプシス）！」

彼女の体を持ち上げ、それから血が大量に腕からこぼれるのを見て、「包体（クルム）！」「止血（スーラ）！」と叫ぶ。いけない、順番が逆だった。落ち着け、僕。

教会からは「何事ですか！」とシスターたちも驚いて飛び出してくる。

「オットーさん、どうすれば……」

「沸かしたお湯！　清潔な布!!」

「承知しました！」

僕は指示を出しながら、彼女の腕の状態を診る。右腕の傷口が完全に開いており、そこから血が噴き出している。なぜ、どうして。皮膚が再生しかけていたはずなのに。

あ――

そして僕は見つける。

彼女の傍（かたわ）らには、それが落ちていた。

義手。

「嘘（うそ）、でしょ……」

そして、その義手に握り締められていたのは、一振りの武器。

剣。

——そうか、剣を振るったから、腕の傷口が開いたんだ……。

開いた傷口からは、真っ赤な鮮血が次々に溢(あふ)れ出(だ)す。

くっ……。

「止血(スーラ)！」

僕は叫ぶように詠唱を繰り返す。

心の中では、ぐるぐるとあのときのイザベラの言葉が回っていた。

——おまえは先輩という人を、何も分かっていない。

応急処置を続けながら、唇を強く噛(か)む。

転がった剣の刀身が、やけに陽光を反射して、それは何かの罰のように僕の目を焼いた。

4

手当てが早かったせいか、あるいは彼女の生命力の賜物(たまもの)というべきか。

夕刻には、彼女は目を覚ました。

付きっ切りで治癒魔術を施した僕は、彼女の命に別状がないことを確かめると、急に疲労が襲ってきて、しばらく座り込んで動けなかった。最近の彼女は順調すぎるほど快方に向かっていたので、今日のことは不意打ちでもあり、いくらか精神的に堪(こた)えた。一時的に、シスターやジェフたちに彼女の看病を代わってもらい、ジークフリーデと改めて向かい合ったのはすっかり深夜だった。

「……ねえ」

ベッド脇の椅子に座り、僕は声を掛ける。

それは、これまでずっと胸に溜め込んできた疑問。

「どうしてなの？」

その問いかけに、彼女は無言のまま顔をこちらに向ける。

「答えてよ」

言葉がきつくなったのは、ショックの裏返しだった。

義手を作って、彼女の力になれたと思っていた。それが彼女のこれからの人生――血で血を洗う戦闘とも、そしてあの暴君とも無縁な、第二の人生に繋がると思っていた。

なのに。

僕がしたことは、すべて、彼女を死地に――ロザリンデのもとに送り込む行為だったのだ。

「………………」

ジークフリーデは黙っている。じっと見えない眼差しで僕を見据えている。それはいつもの彼女だったが、今はひどく、僕の心を掻きむしった。

「剣」

質問を重ねる。

「持って出たよね？」

「ああ」

これにはすぐ返答があった。

剣。

そう、彼女は剣を所持していた。聞けば、教会が護身用に常備しているものらしく、そのうちの一振りをジークフリーデが持って出たらしい。

まだ使い慣れない、あの不十分な義手で。

「あの剣……どうするつもりだったの？」

「どうする、とは？」

「君、鎧も着てたよね？　義手をつけて、剣を持って、鎧をまとって……」

僕は両手で自らの太ももをぐっと掴みながら、

（ロザリンデのもとに行くつもり？）

その言葉を、別の言葉に差し替える。

「どこに行くつもりだったの？」

「…………」

彼女の返事はない。

　また少し質問を変える。

「君は、どうしてそうまでして……戦うの？」

　その問いに、彼女は一度うつむき、僕の意図するところを汲み取るように間をおいてから、

「私が……」

　それは前と同じ答えだった。

「騎士だからだ」

「…………」

「騎士道とは、国の危機に相対し、君主を支え、民を救う――」

「そんなことを訊いているんじゃないの……ッ!!」

　思わず声を荒げていた。

「僕が訊きたいのは――」

（どうしてロザリンデに、そこまで――）

　口にしようとすると、なぜかそれは、言葉にならなかった。答えを聞くのが恐かったのか、それともジークフリーデがあまりにも落ち着いているせいか。

「…………」

　彼女は、じっと僕を見据えていた。まるで見えないものでも見ているように、光なき騎士は無機質な眼帯を僕に向ける。

「……じゃない」

「ん？」

「放っておけば、いいじゃない。……こんな国」

「そうはいかん」

「だって、この国はもうおしまいだよ。政も、官も、民も、何もかも」

「終わってはいない」

「終わりだよ」

押し問答のあと、核心の答えは彼女から告げられた。


「――陛下が」


それは、今までの低い口調とは違う、感情を込めた強い声だった。

「陛下がおわす限り、この国は終わらぬ」

「……陛下、ね」

緒が切れた袋のように、

「なんだよ、『陛下』って」

僕の腹から我慢していたものが漏れ出す。

「君は口を開けばロザリンデ、ロザリンデって――」

「陛下の名を来やすく呼ぶな。不敬であるぞ」

「何を言ってるんだよ！」

「なに？」

「何がヘイカだ！　何がフケイだ！　ふざけないでよ！」

もう止まらない。

「その陛下のせいで、この国は滅茶苦茶じゃない！　僕も、君も、ジェフも、リリーちゃんも、みんなみんな、死にかけたじゃない！　今までたくさん殺されたじゃない！　あの、ちっちゃい、バケモノじみた暴君のせいでこの国ズタボロじゃない！」

「――おい」

急に、ジークフリーデの雰囲気が変わった。

彼女はゆらりと、ベッドから立ち上がる。「な、なんだよ」と僕は相手を睨む。

「貴様、陛下を侮辱したな？」

「そ、それが何？」

「許さんぞ」

彼女は前に出て、僕の顔に自分の顔をくっつけるように圧を掛けてくる。

「陛下を侮辱する者は、誰であろうと許さん」

それは、もしかすると彼女が僕に向けた、初めての憎悪かもしれなかった。顔つきが明らかに強張り、いつも体温の低そうな、無表情の彼女が宿した表情らしい表情。

素顔。

「だ、だって、あの暴君のせいで、この国は——」

「黙れ。叩き斬るぞ魔術師」

「……ッ」

その目つき——いや、眼帯をしているから目つきではなく、なんだろうこれは、殺気……？そうした彼女の感情が、牙のように僕に突き付けられる。イザベラやファーレンベルガーとの戦いでも、ここまでの気迫は見せなかった彼女が。

率直に言うと、恐ろしかった。両腕すらない彼女に、気迫だけで殺されそうな気がした。それは明らかな恐怖であったが、一方で僕にも意地があった。ふざけんなって気持ちは収まらない。

だからぶつけた。

「……うるさい」

「なんだと？」

「うるさい。うるさいうるさいうるさいうるさいうるさいッ!!」自分でもどうしてこんなにキレてるのか分からない。「じゃあ叩き斬ってみなよ！　何が陛下だ！　あんなの権力を持ってるだけのクソガキだろ！　この国を亡ぼす元凶じゃないか！」

「黙れ！　貴様言うに事欠いて何を……！」

「あーあー！　何度でも言ってあげる！　元凶！　暴君！　独裁者！　クソガキ！」

「なっ……」

「どうしたの⁉　言い返せないよね！　図星だもんね！」

「貴様……ッ！」

そこで彼女は、さらに前に出た。ゴツンと額がぶつかると、僕は「ウッ」とうめいてベッドに倒れ込んだ。頭突きを食らった格好。

その僕を見下ろしながら、何かの化身のように彼女は闘気か殺気か分からぬ気配をまとい、

「おまえに何が分かるッ‼」

ベッド上で僕に覆いかぶさる。

「おまえに、ロザリンデ様の、何が――」

「ロザリンデが何だよっ‼」

僕は彼女の下でもがく。上にまたがるジークフリーデに対し、手を伸ばし、振り回し、怒った小動物のように爪を立てる。

そのときだ。

揉み合いの弾みに、僕が振り回した手が、彼女の顔面にぶつかり、その指先がたまたま『眼

帯』に引っ掛かり、

（あっ……）

そのままずるりと外れた。

次の瞬間。


彼女の瞳から、眩い光が溢れた。


（しまっ――）

それは僕の目に、一斉に飛び込んできた。瞼を閉じる間もなく、光はいっぺんに僕の目を焼き、そうだ、これは、前にもあった、彼女の肉眼を見た瞬間に起きた、『眼光』ともいうべき不可思議な現象――何かが飛び込んでくるような、それでいて僕の中から何かが吸い出されるような――あ、あ、あ、あぁあ、ああああうあああぅああああああ――思考がいっぺんに掻き混ぜられ、入ってくる、何かの映像、音声、風景、感情――

それは『記憶』だった。

ある一人の少女の生い立ち。

幸福と不幸を幾重にも折り重ねた糸のような、数奇な半生の記憶――

　最初は、夕闇だった。

　あのとき『僕』は——いや、これは僕とは違う、『私』は——、ひどく凍えていて、空腹で、どこかの地べたに横たわっていた。身なりも粗末で、体もやせ細り、孤児なのか、浮浪児なのか、とにかく小さな子供だった。衰弱して体に力が入らず、近くに水も食べ物もなく、死期の近いことが子供心にも分かるような最悪の状態。

　森か、山林か、とにかくやけに背の高い木々の生えたところで、木の葉の間を流れる灰色の雲を見上げながら、あの雲、魚みたいで、うまそうだなァ、でも手が届かないなあと思った。

　地べたにつけた耳には、何かひどく耳障り（みみざわ）な、ガタガタというか、ガラガラという音が聞こえて、それが耳鳴りなのか、幻聴なのか、分からないまま、朦朧（もうろう）とした意識で最期（さいご）の時を迎えようとしていた——

　そのとき。


「——とめて」


　声がした。

　瞼（まぶた）を開くと、そこに何かが見えた。馬の蹄（ひづめ）だというのは、形で分かったが、なんでそんなものがあるのかは理解できなかった。

「あなた、だいじょうぶ？」

鈴が鳴るような、可憐な声が聞こえた。

見れば、そこには馬車が停まっていて、その窓から一人の少女――いや見た目からして『幼女』というべき存在が、こちらを見下ろしていた。

「これ、たべる？」

その幼女は、扉を覆う布地を開けた。「殿下、いけません！」と使用人らしき女性が制止しようとしたが、幼女は聞かず、地面に降り立った。それが何かの食べ物だと気づいたとき、私はわっとその手を摑んで、食べ物をもぎ取った。

「貴様、殿下に何をする！」

今度は鎧を着た男が私の前に槍をかざした。

「おやめなさい！」そのとき、幼女が強い口調で叫んだ。「これはわたくしが、このかたにさしあげたの！」

年齢に似合わぬ大人びた口調で、幼女は兵士の男性や、使用人らしき女性を制した。すると、誰もが、「はっ！」「御意！」と直立不動で返事をした。

食べ物を喉に押し込むと、「こちらもいかが」と水が入った器が差し出されて、それもひったくるようにしてガブガブ飲むと、ようやく気持ちが落ち着いた。

「おいしかった？」

「あ、う……」

そこで初めて、彼女とまともに目が合った。

高貴な人だ、というのは見た目で分かった。煌びやかな、見たこともない可愛いドレスを着て、私の前に立っている。こんなものを着られるのは、大商人の娘か、貴族の令嬢と決まっており、なんだか急に、私は自分の身なりが恥ずかしくなった。

「あなた、このへんのかた？」

「殿下、いけません」とまた使用人。

「いいから。……『みち』をおしえてほしいの」

「みち？」

「どうやら、ばしゃが『みち』にまよってしまったの。よろしかったら、ちかくのまちまで『みち』をおしえてくれないかしら」

「それは……」

別に、この土地の生まれではなかったが、なんとなく道は分かった。行き倒れていたのは、飲まず食わずで村までたどりつく体力がなかったせいもあるし、たどりつけたところで余所者の子供には生きていくすべがない。

「はい、のって」

「え？」

驚きだった。こんな立派な馬車に——高貴な人の乗り物に、私が乗る？

「恐れながら、殿下」やけに髭が立派な老人が、隣で礼をしながらつぶやく。「その者には、道だけをお尋ねして、あとは銅貨の一枚でも握らせてやればよろしいかと」

「こんなさむいところでは、このこがこごえてしまうわ」

「ですが、殿下」

「いいから」

彼女は老人を制しつつ、

「はい、のって！」

私の手をぐいと掴むと、強引に馬車に連れ込んだ。

「え、え……？」

ふかふかの、見たこともない綺麗な椅子に座らされて、私は驚く。

「おしろにはね～、おんなじくらいのこがいないから、つまらないの」

「は、はあ？」

「殿下！」「うるさい！　はやくだして！」幼女はぴしゃりとやり、使用人に命じる。

やがて馬車が出発する。「殿下の悪い癖がまた出ましたなあ……」という御者か使用人か分からない声が聞こえたが、それは馬の蹄の音に重なって聞こえなくなる。

馬の闊歩に合わせて揺れる車内で、彼女はふわふわした髪を弾ませながら、こう言った。

「つぎの『まち』まで、『おはなし』しましょ？」

「はあ……」

「あなた、おなまえは？」

相手のペースに呑まれ、私は「ジーク」と名乗った。

「そう、『じーく』っていうの」

「はい」

「わたくしは『ろざりんで』。でもね、みんな『でんか』ってよぶの。あなたは『ろざりんで』ってよんでね？　あだなの『りんで』でもいいよ？」

ふわふわした髪の、妖精のような幼女は、そう言ってにっこり笑った。


それが、二人の出会いだった。

そして『私』の——いや、彼女の人生は、それまで想像もつかなかったような大転換となった。馬車の中で打ち解けた二人は、そのまま王宮へと戻り、王女の計らいによってジークフリーデは馬の世話係という役目を与えられた。といっても、王宮の使用人とは名ばかりで、最初は王宮の敷地外にある、馬の納入業者の使用人のそのまた下働きといった身分で、馬といっしよに藁小屋で寝るような生活だった。だが、いくらか勤勉なことや、たまたま忍び込んだ賊を捕らえた功績などにより、三年後には王宮の正規の使用人となり、さらに翌年には王女の推薦で王宮御用達の剣術道場で住み込みの弟子入りを許された。クリューガーという姓はこのときの剣術道場の指南役の名を譲り受けたものであり（それまで彼女には姓がなかった）、そして彼女のたぐいまれな剣才は開花した。その剣才は、道場に『先生』として出入りしていたエルネスト・ファーレンベルガーの目にも留まり、彼女はただの道場生から伝説の騎士の弟子という立ち位置になった。そこから先はトントン拍子で、実力主義のファーレンベルガーによって騎士団の一員に任命されると、相次ぐ戦役や護衛任務に活躍し、王国騎士団にその人ありと言われるまでの存在となった。ついた二つ名は『王国の牙』。そして、晴れて王女付きの親衛隊長のポジションにまで出世し、次の騎士団長候補と言われるまでになった。

そこから先は、蜜月といってよい暮らしで、彼女にとって最も幸福な時間となった。

「ジーク！　ジークどこ～！」王女ロザリンデは、すっかりジークフリーデのことをお気に入りとしており、いつ何時でも彼女を従えるようになった。それは実の姉を慕うような親しさで、隙あらばジークフリーデを呼び、おしゃべりをし、王宮の花畑で遊んだりした。どこかに遠出するときは必ずジークフリーデを従え、彼女を寝所に呼んだ。国王もそれをとがめることはなく、ジークフリーデは戸惑いながらも、この一風変わった、しかし明るく、優しく、聡明（そうめい）で、誰に対しても慈悲深いロザリンデという少女を心から慕うようになった。それは命の恩人というだけでなく、忠誠の対象というだけでもなく、ほとんど神格化した存在であった。いずれ王位を継ぐ彼女には、国外でも、あるいは王宮内でも外敵・政敵のたぐいは絶えなかったが、ジークフリーデは王女を命がけで守り通したし、彼女にはそれだけの実力があった。

　すべてが順風だった。

　王女との暮らしは日々が甘く、温かく、幸福感に満ちた時間だった。家族のいなかったジークフリーデには、王女は歳（とし）の離れた妹のような存在で、時に発揮されるそのやんちゃぶりに困らされながらも（特に毎日のように同衾（どうきん）をせがみ、頭を撫（な）でるように言われるのは臣下として実に困らされた）、そうした困らされたり甘えられたりする行為の一つ一つが彼女にとってはとても愛（いと）おしく、王女をいつも愛くるしく思った。成長するにつれ、王女はますます聡明（そうめい）に、そして慈悲深くなり、名君として名高い父親の後継者として、申し分のない人物となっていった。国王はこの愛娘（まなむすめ）を目に入れても痛くないほどに可愛（かわい）がり、幾度となく王女の窮地を救ったジークフリーデに対する信頼はますます厚くなった。

　すべてが夢のようだった。毎日は王宮の花園のように色鮮やかで、薔薇色（ばらいろ）であった。

　だが、その夢は――

あるとき、反転する。

「おやめくださいロザリンデ様……ッ!!」

それは乱心だった。

憑き物がついたように、ある日突然、王女は『豹変』した。

ああ、あああああ。

彼女の記憶を覗き見る中でも、信じられない。信じがたい。ありえない。

あの朗らかで、聡明で、ふわふわとした笑みの、優しかった王女が――

「殺す……」

まるで悪魔じみていた。吊り上がった眼、ひきつった頰、眉間に寄った皺、まるで憎悪と憤怒を少女の人形に詰め込んだような、禍々しい怪物が、そこにいた。

「ロザリンデ様、お気を、お気を確かに……！」

「ジーク……ッ!!」

それは粛清だった。

鮮血の謝肉祭。

のちにそう呼ばれる、大粛清の始まりは、ある日唐突に告げられた。

そこから先は、地獄だった。王族も、貴族も、騎士も、兵士も、そして膨大な数の庶民に至るまで、王女の逆鱗に触れた者は容赦なく処刑台——あの大聖堂の鐘『慈悲深き聖女』に送られた。残忍な公開処刑は毎日のように続き、斬首と理不尽と阿鼻叫喚を煮詰めた毎日が、楽園とさえ言われたリーベルヴァイン王国を地獄に変えた。

そして、その矛先は、王女を諌めようとする勇気ある者たちにもおよび、実父たる国王は不慮の死を遂げ、ファーレンベルガーは片腕を失い、そしてジークフリーデは、

「おまえは……『鮮血の謝肉祭』の生贄だ……」

心より愛したロザリンデ自らの手により——

光を失った。

5

微睡の中から、ゆっくりと、解き放たれるように。

（んん……）

長い夢を見ていたような気がする。それは、寒くて、寂しくて、でも途中からはとても暖か

くて、甘くて。何かの哀しい物語を、一気に読み通したような、そんな感覚。やけに頬が濡れていて、夢を見ながら泣いていたことに気づく。

そうか、ジーク……。

彼女の熱く、激しく、哀しい半生を垣間見た——のだろうか。それはあまりにもめくるめく、いっぺんに流し込まれた映像の数々で、それが何かの魔術なのか、僕の見た幻覚なのか、定かではない。

前にも、同じようなことがあった。ジークフリーデの眼帯を外したときに、飛び込んできた謎の『眼光』。あのときも女王ロザリンデが出て来て、ジークフリーデは彼女によって光を奪われた。あれがジークフリーデとロザリンデの『ラストシーン』なのだとしたら、今回僕が新たに見たのは、二人の『プロローグ』とでも呼べばよいのか。

（魔力の奔流……みたいなものだろうか？）

詳しいことは分からない。ただ、自分が二度に渡って浴びたもの——お互いの『眼』から『眼』へと受け渡されたものが『魔力』だということは実感として分かった。洗脳や忘却を初めとする精神操作系の魔術に近いような気もする。とにかくその魔力に乗ってジークフリーデの記憶が流れてきた……とりあえず説明をつけると、そんなところだろうか。

（でも、どうしてジークの目からあれほどの魔力があふれたんだろう？　目を斬られたことと何か関係がある？）

いろいろ仮説は立てても、結局肝心なところはまだ分からない。

「ふわぁ……」

寝起きでいろいろ考えたせいか、大きなあくびが出る。

どれくらい眠ってしまったのだろう。張り付いたような瞼(まぶた)を、どうにか開く。すると、『何か』が目の前にあって、視界を塞いでいる。それに、いつもは朝起きると体が凍えて萎縮した感じになるのに、今日は久々にぽかぽかと全身がぬくい。

「ん……？」

そこで気づく。

鼻先に当たる、むにゅりとした、何か良い匂いのするもの。

「起きたか」

「――！」

びっくりしてのけぞる。毛布から顔を出すと、そこにはジークフリーデがいた。今はもう眼帯をつけており、こうして間近に見るとやっぱり美人だ。

って、そうじゃなくて。

「ど、どど」

「ど？」

「どうしていっしょに寝てるの⁉」

僕はベッドから体を起こす。すると今度は、

「きゃあああっ！」

自分が上半身に何も着ていないことに気づく。

「なななんで服着てないの⁉」

「？　おまえが自分から脱いだだろう？　いや、破り捨てたと言ったほうがいいか」

「へ？」

「それから急に私に抱き着いてきて、胸に顔をこすり付けてきた。一晩中な」

「ええええっ⁉」

「こそばゆくて仕方なかったぞ」

そう言う彼女の胸元は、大きくはだけて両方の豊かなものが露になっている。え、あ、ちょ、僕たち昨晩ナニしたの⁉

「すまんが、いささか寒い。服を着せてくれるか」

「あっ、おあ、おうん」訳の分からない返事をしながら、僕はまず彼女の乱れた着衣を直し、それから自分の衣服を探す。枕元にあった上着はなぜかビリビリに引き裂かれており、着てみたらますます破廉恥な感じになる。仕方なく毛布を被る。

（あ……）

そこで僕は気づく。彼女の頬に、涙の痕があることに。

「……泣いてた、の？」

意外だった。この鋼のような騎士が、寝床で泣くなんて。

「夢を見ていた」

「夢？」

「……とある魔術師（メルルーシ）の、哀（かな）しい夢だった」

彼女は静かに、自分の見た『夢』を話す。その訥々（とつとつ）とした語りを聞くたびに、僕は目を見開く。

「商人の娘として生まれ、父親と世界中を旅して回った。そして、豊かな見聞を広め、多様な文化に触れ、人として奥深く、しなやかに鍛えられた」

「なんで……」

それを知っているの、という質問を挟みたかったが、彼女は話を続けた。

「父親の死は、哀（かな）しい別れだった。おまえの父は立派な人物だった。病に侵された村人のために、貴重な薬を仕入れ、格安で、時には無償で、届けた」それは僕と父しか知らない事実だった。「だが、それが祟（たた）り、最後は自らが病に倒れた。娘のおまえはそれを看取（みと）った」

「…………」

僕の脳裏に、父の姿が蘇（よみがえ）る。酒に酔うと馬鹿みたいに踊る父だった。母のことを語ると涙ぐむ父だった。珍しい品物を見ると採算を考えずに仕入れる父だった。困った人を見ると損得を

度外視して助ける父だった。何もかも規格外で、僕が魔術師を志したのも、父が仕入れてくれた魔術書がキュリオス師匠の書いた本だったことがきっかけだ。

「父は……」

懐かしい顔を思い浮かべて訊く。

「夢の中で、どんな顔してた？」

「笑っていた」

彼女は淡々と告げる。

「穏やかに、私を——いや、娘を見て、幸福そうに笑っていた」

「そう……」

「おまえの『師匠』もそうだ。夢の中で、弟子のおまえを見て、優しげに微笑んでいた。良い師匠だったのだな」

どうして彼女が僕の『過去』を知っているのか。昨晩彼女の『眼』を見たとき、僕の『眼』からも同じように『魔力』が溢れ出て、それで記憶が交換されたのだろうか——仕組みは分からない。ただ、僕たちは今、確かに互いの記憶を『共有』していた。僕は彼女の記憶を、そして彼女は僕の記憶を。

「おまえは、良い父と、良い師を持ったのだな……」

「うん……」

そ れがとても、とても嬉しかった。

嬉しかった。亡き父のことを、そして亡き師匠のことを、こうして語り合える人がいて、それがとても、とても嬉しかった。

「ジーク。君の『夢』も、見たよ……」

彼女は驚いた様子も見せず、静かに「そうか」と告げた。

「僕、君に謝らなきゃ。僕、さっき陛下の——」

「いい」

彼女は小さく首を振る。

「みなまで言わずとも、分かる」

「その、ごめん。昨日の言葉、訂正する」

「いい。ロザリンデ様の本当のお姿が、きちんと分かってもらえたなら、それでいい。あの方は本来、優しく、聡明で、慈悲深いお方なのだ」

「うん」

それはよく分かった。『僕』自身が、それを昨晩の夢で追体験したのだから。

「私も、おまえのことが分かって良かった。オットー・ハウプトマン」

「オットーでいいよ」

彼女が『魔術師』ではなく、初めて名前のほうで呼んでくれた。それがひそかに、いや、すごく嬉しい。

「ならばオットー。私は、おまえの人生を知り、誇りに思う」

「誇り？」

「我が腕は」

彼女はそこで、肘の少し下から先がない右腕を掲げ、こう告げた。

「捧げるに値する人物に、捧げられたのだ、と。それを私は誇りに思う」

「………」

「どうした？」

体が震えている。どうして、この人は、こんなふうに、こういうことを、さらりと言うのだろう。

「僕なんか……」なんだか急に涙声になってしまう。「君の腕に比べたら、カビの生えたプブレットほどの価値もないよ……」

「違う。おまえは高潔な人物だ。その人生を知って、私は確信した。おまえと出会った人々は、誰もがおまえに救われている。ここにいる子供たちもそうだ。おまえが来てから、みんな笑顔が増えた。おまえは自分で思うより、すぐれた人格者であり、素晴らしい御仁だ」

「や、やめてよ。なんか、逆にそこまで言われると、からかわれてる気分だよ……」

「おまえは、流行り病に苦しむ人々や、貧しさゆえに医者にかかれぬ者たちを、その見事な治癒魔術で助けてきた。立派な行いだ」

「べ、べつに、そんなの旅の道中で、ちょっと出会った人を助けただけだって……」

「おまえは謙虚だな」

「もう……」

ジークフリーデに比べれば、僕は我が身が可愛いだけの小さな人間だ。なんか買いかぶられてしまった。悪い気はしないけど、くすぐったくて仕方ない。

僕は知っている。彼女の『夢』を見たことで、知っている。

ジークフリーデのほうが、何もかも凄いのだ。騎士団に入ってからも、そして両眼の光を失ってからも、彼女は『騎士道』を貫き、弱きを助け、強きをくじいて生きてきた。この教会にいる恵まれない子供たちに食料を届け、賊を退治し、あまつさえ自らの両腕を犠牲にして自分以外の誰かを助けた。それでも平然として、誇ることも自慢することもなく、当然のような顔をして、こうやって僕のことを褒めたりする。その気高い魂は、僕にはとても真似できない。

「君のほうが、よっぽど……」

そこから先は、なんだか言葉にならなかった。商取引のために相手を持ち上げたり下手に出ることはあっても、本心から褒め合うのはなんだか照れくさい。

と、いくらか感傷的になったのはここまでで。

「それと、おまえは変わったところにほくろを持っているのだな」

「え？」

「首筋にひとつ」

「あ、うん」

「それから顎の裏に一つ」

「それは」

「胸にもひとつ」

「う」

「臀部にもひとつ」

「ちょちょちょ」

「あとは股間に――」

「まままま待った！　ダメダメ、そこまで！」

僕は手を振って彼女の口を押さえる。

「なんで知ってるんだよ！」

「え？　なぜって、おまえと私はお互いに『夢』を見たのだろう？」

「あ……」そうだった。どういうわけか、昨晩の夢は、記憶を相互に共有することになってしまった。

つまり、頭のてっぺんからつま先まで、生まれたままの姿を全部見られたのと同じことだ。

「ちょっと、なに、これって、そういうこと……？」

僕は体を押さえて、急に自分が全裸になったような、恥ずかしい気持ちになる。

「あと、毎晩寝る前には、自分の胸を——」

「そこまで、そこまでだ！」

僕は天然かつ無粋な女騎士の口を押さえ、羞恥に耐えるのだった。

6

時は緩やかに流れた。

（うーん……もうちょっと、なんとかならないかな……）

僕は調整中の『義手』を机に置くと、軽く肩を揉む。最近は手先を使う作業が多くて地味に肩が凝る。

いま作っているのは左腕の義手。右腕のときと基本設計は同じだが、今回は最初から義手の骨組みや裏地の部分にびっしりと細かな紋様が刻まれている。いわゆる魔術紋だ。

「イ・ルブラ・アントゥル・レーン——」

さっそく詠唱をして『実験』に入る。

「念動」

唱えた瞬間、義手がふわりと浮き、それはゆっくりと回転する。それから五指を開き、それを一本ずつ閉じて握り拳をつくると、今度は逆に一本ずつ開く。そーっと水の入ったコップに近づけ、それを慎重につかむと、ゆっくり持ち上げる。僕の口元に運んだところで、

「あっ」

ちょっと加減を間違えたか、コップが転がり、「しまった」と慌てて立ち上がる。

「やっぱり、まだちょっと実用的じゃないかな……」

開発中の義手を手に取り、水滴を吹き取る。いっしょに広げていた『大魔術典』のほうが濡れなくて良かった。

(えーと、あとは――)

僕は大魔術典のページをめくり、魔術紋に改良の余地がないか念入りに確かめる。義手に施した『念動』についての『魔術紋』は、離れた位置から魔力を効率よく伝達するための仕掛けであり、これを使えば義手の動きをかなりサポートできる(我ながら天才的な閃き!)。魔術紋に一文字ずつ丁寧に魔力を込め、それを義手の関節や駆動部に適切に配置する。

うまくいけば、丸一日くらいは僕がいなくても彼女の『腕』が自由になるかもしれない。しかもこれなら、僕がその気になれば彼女の腕をいつでも『念動』で分離することができる。便利かつ安全装置付き。せっかく便利なものを作ったのに、また剣を握って出かけられちゃ敵わない。

と、理論的には良いことずくめなのだが、いざ魔力を込めると細かい動きがうまくいかない。

人間の指先が想像以上に微妙な力加減で日常の動作をしていることがよく分かる。水を一杯飲む動作にしたって、力を込めすぎるとコップを割ってしまうし、かといって緩めた途端にさっきみたいにコップを取り落としてしまう。僕が一日中彼女にひっついて魔力を送り続けていられれば何とでもなるのだが、それだと義手の意味がない。

（ジークがこれ見たら、何ていうかな……）

大魔術典をめくりながら、先日のことが——もう一ヶ月も前になるのか——脳裏によぎる。眼帯が外れたことをきっかけに、僕と彼女は奇しくも『記憶』を共有する関係になった。僕は彼女の過去を見て、そして彼女は僕の過去を知った。いま思い出しても気恥ずかしいが、一方でジークフリーデという人間のことをより深く理解できたことは確かだ。

ロザリンデとの関係も。

（恩人、か……）

彼女がロザリンデに忠誠を誓う理由。それが幼少期からの命の恩人であり、親友であり、姉妹のように過ごした生い立ちにあることを、僕は知ってしまった。彼女がロザリンデのために命を懸ける理由も。

気持ちは分かる。分からざるを得ない。でも……。

小さく、ため息。

（こういうの、複雑な気分って言うんだろうな）

そんなことを考えながら、まるで暇つぶしみたいに大魔術典をめくる。普段は熱心に読むが、今は流れる文字が滑って目に入って来ない。

彼女の『眼（め）』の仕組みも、おおよそ分かってきた。

解明のきっかけは『眼帯』だった。彼女の普段している、漆黒の眼帯。その裏地には見慣れない魔術紋がびっしりと書かれていて、前からそれが不思議ではあった。今回記憶を共有したことを契機に、僕はあの眼帯を改めて調べさせてもらった。そして、魔術紋を細かく調べた結果、これが彼女の眼（め）から漏れる『魔力』によって発動し、それでいて彼女の眼（め）から漏れ出る魔力を『制御』する仕掛けであることが分かった。要するに、ジークフリーデの眼（め）からは常に魔力が漏れ出ており、この眼帯はその魔力に『栓』をする役割。穴に対する『蓋』と表現してもいい。

そこまで分かれば、あとは簡単だった。彼女が、眼球が斬られたにもかかわらず、まるで周囲が見えるかのように外界を認識できる理由。それは『眼（め）』から漏れる『魔力』に起因していた。彼女の『眼（め）』からは常時、微量な『魔力』が漏れ出ており、その『魔力』が周囲の事物と接触することで——まるで盲目の人間が手探りで物に触れるように、あるいは猫の髭（ひげ）が風や気配を感じるように——周囲の状況を認識しているのだ。『魔力』というのは元々誰もが持つ

『生命力』が根源であり、僕が遠くの物を見るときに『遠隔視(グラス)』の魔術で自らの視力を拡張させているように、ジークフリーデは己の眼窩(がんか)から漏れ出る生命力によって彼女の五感を拡張しているのだろう。

無論、これはまだ仮説に過ぎない。でも、実際にジークフリーデの協力のもと、魔量計や魔方位磁石で実験をしてみて、彼女の周囲だけ魔力の流れが変化していることも検証できた。以前、何度か彼女が僕の気配を『読んだ』ことがあったが、それができたのは彼女の魔力が僕の持つ魔力を感知したからだと推測できる。

謎は解けた。

彼女の眼(め)は、やはり『魔力』によるもの。そしてこの眼帯は、その魔力を封じる『栓』。

そこまでは、良かった。そこまでは。

謎をひとつ解いた先にあるのは、もう一つの謎だった。

(驚いたな、まさか……)

僕は大魔術典の該当するページを開く。そこには、数々の魔術紋が記されており、その中にあの『眼帯』の裏に書かれている魔術紋とぴたりと一致するものがあった。数百文字の魔術紋が、一字一句に至るまで同じ。偶然ではありえない。

(この眼帯……お師匠様が作ったってこと?)

思わぬ接点に驚きを禁じ得ない。確かに、そもそもは亡(な)き師匠の悲願である大魔術典のために始めた旅だった。師匠はこの国で宮廷魔術師をやっていたこともあり、師匠ゆかりの土地だというのも知っていた。だが、こういう形でまた師匠の魔術に『再会』するとは想像もしなかった。

「師匠……」

亡き師匠、愛すべき我が師匠。

あなたはこの国で、いったい何を——

そのときだ。

それは、唐突に鳴り響いた。

重々しく、そしてまた、苦々しく。

悲劇と、惨劇と、ここにいる誰もが、拭い難い記憶を呼び覚まされる、その鐘の音。またの名を『慈悲深き聖女（バルムヘルツィヒ）』。

「これって……」

僕は立ち上がる。

また、誰かが大聖堂で公開処刑されるのだろうか。ただ、今日はやけに鐘の音がよく聞こえる気がする。この教会は大聖堂からはかなり距離があるのに、こんなにもはっきりと聞こえるとは。

その答えは、しばらくして、凶報とともにもたらされた。

扉が開き、血相を変えたジェフが、

「カ……」

我々に、悪夢の再来を告げた。

「鮮血の謝肉祭（カルネム・レヴァーレ）が、始まりました」

【memories】――キュリオス・ル・ムーン

「だ〜れだ？」

ひんやりとした手と、背中に当たる豊かな胸。

うら若き宮廷魔術師キュリオス・ル・ムーンは、王宮の青空の下で小さく肩をすくめ、

「殿下、またそのようなお戯れを」

「当たり〜！」

ぱっと手が離れると、キュリオスの前には一人の少女が現れる。さらりとした金髪は、ここまで走ってきたのかやや毛先がまくれて肩の上に掛かっており、大きな紺碧の瞳は早春の海のように煌めいている。

「王女殿下、ご公務はどうされましたか。本日は大臣謁見の日かと」

「もう、キュリーったら、乳母みたいな小言はやめてよ〜。それに二人のときは名前で呼ぶ約束」

「では、メアリーデ殿下」

「メアって呼んで」

「メア……さま」

「もうひと声！」

「メ、メア」

　愛称で呼ぶと、メアリーデは「よくできました～！」とキュリオスに抱き着いてくる。宮廷魔術師は「こ、こら、はしたないですよ！」と叱りつける。メアリーデは公務のときこそキリとした表情で卒なくこなし、王宮内でも賢く気品があると評判だが、同い年で親友であるキュリオスの前では急にだらしなくなる。キュリオスが王女直々に宮廷魔術師に推薦してもらって以来の仲だが、その推薦理由が『歳(とし)が近くて遊び相手に良さそうだったから』というのは今思い返しても呆(あき)れる。

「ね～え～、これから城下に遊びに行きましょ。私、食べたいお菓子があるの」

「お忍びは先日行ったばかりでしょう。それに、陛下に露見したらどんな大目玉を食うか……」

「ね、お願いキュリー！　ね？　ね？」

「殿下、おねだりしながら胸を揉(も)むのはやめてください」

（今日はやけにわがままだな）

　メアリーデのやりたい放題は今に始まったことではないが、今日は少々羽目を外している気もする。

「殿下、何かあったのですか？」

「メア」

「こほん……メア。何かありました？」

「ん……べつに」

メアリーデは顔をそらす。表情を隠すような仕草に、キュリオスはすぐにピンとくる。

「何かありましたね。陛下にお叱りを受けましたか？　それとも乳母？　あとは……執事長に？」

「キュリー、あのね――」

そこで金色の髪が振り向いた。

「私、結婚するの」

「――！」

キュリオスは息を呑み、それから、

「さ、……左様で、ございますか……」

ようやくそれだけ絞り出した。

メアリーデの縁談については、前にも聞いていた。だが、こうも早くまとまるとは思わなかったし、むしろ彼女の様子から破談になるものとばかり思っていた。結婚しろ結婚しろと両親がうるさいとキュリオスに愚痴っていたのはつい最近のことだ。

「リーベルヴァイン王、ですか」

「……うん」

メアリーデは小さくうなずく。

二年ほど前、リーベルヴァインが西の大陸を統一したことで、このクラインメーア皇国もその傘下となった。当時は平和裏に協定が結ばれ、元々が同盟国だったクラインメーアは武力衝突することなく独立性の高い自治権を認められていた。

だが、王室同士の謁見の際に、皇国の美しい姫君をリーベルヴァイン王が見初めたことを契機に流れは変わった。見目麗しいメアリーデに一目惚れした若きリーベルヴァイン王は、王女に度重なる縁談を持ちかけた。最初のうちはメアリーデ自身が頑なに断っていたものの、時が経つに連れて王族や大臣たちの間では婚姻やむなしの空気が色濃くなっていき、それに比例してメアリーデがキュリオスに愚痴る回数も増していった。

来るべきものがきた。キュリオスは、揺らぐ気持ちを抑えながら、そう自分に言い聞かせる。

この縁談、元から小国のクラインメーアに断れるはずもない。ただ、リーベルヴァイン王が徳に溢れた人格者であるという噂にすがり、引き延ばしていれば諦めるかも……という希望的な胸算用をしていたことも事実だった。

「人物、器量ともに立派な方と聞き及んでおります」社交辞令のように、なんとか話を続ける。

「……うん」

「非の打ち所のない良縁かと——」

「キュリー！」

金髪が翻り、それはキュリオスの顔の前で揺れたかと思うと、
王女は、ひしと抱き着いてきた。

それは、いつもの悪戯でする抱き着きとは違う、強い抱擁だった。

すがるような。

「メア……？」キュリオスは戸惑う。こんな彼女を見るのは初めてだった。震えている。

「逃げよう」

「えっ？」

「私とキュリー、どこまでも逃げよう。この国を出て、海を渡って、どこまでも……」

「メア、あなた……」

「キュリーが連れて逃げてくれるなら、私——」

キュリオスは抱きしめられたまま、空を見上げた。青かった。花畑に注ぐ太陽は眩しくて、煌めいていて、この悪戯っぽいのに心根はどこまでも純粋な王女のようだと思った。

キュリオスは王女を愛していた。臣下としても、親友としても、それ以上の関係としても。

（このまま……メアを連れて……）

一瞬のうちに、多くのことがよぎったが、それは激流のように脳裏を過ぎ去り、彼女の感情の水面は平静を取り戻す。

「殿下」

その声はもう、分を弁えた臣下のものに戻っていた。

そっと王女を自分から離すと、

「ご結婚、おめでとうございます」

唇を噛んだあとに、そう告げた。

「キュリー……」

愕然と、王女はキュリオスを見つめる。白い顔が今は火照り、涙の痕が見える。

「公務がありますゆえ、これにて失礼します」

キュリオスは、一礼してその場を去る。

振り向くことはしない。

肩は震え、瞳からは涙が溢れ、メアリーデとの思い出の数々がよぎり、それは今まさに遠ざかりつつあった。

腕の中に、はっきり残る温もり。

キュリオス・ル・ムーンが、王女メアリーデを抱きしめたのは、この日が最後となった。

第三章　鮮血の謝肉祭

1

ジェフの話はこうだった。

鮮血の謝肉祭（カルネム・レヴァーレ）——それは三年前、このリーベルヴァインで行われた大粛清。女王ロザリンデに逆らう者すべてを、いや、逆らわなくてもその逆鱗（げきりん）に触れた者すべてを巻き添えにした処刑劇。たった二時間で二百人の首が飛んだという話もあり、ファーレンベルガーが自らの片腕とともに女王を諫（いさ）めなければ、それはもっと膨大になったと言われている、この国の悪夢の始まり。

「どういうことなの？」

「わしにも分かりません」

ジェフは血の気の引いた顔で語る。

「聞いた話では、大聖堂にはすでに数多くの『罪人』が集められているとか……」

「いったい何の罪人？」

僕の質問に、老人は黙って首を振る。愚問だった。この国では、王女の機嫌を損ねること自体が罪なのだから。

シスター・グラニアは何かを察したのか、「みんな、おウチに入って！　今日はもうお外に出ちゃダメよ！」と他のシスターとともに子供たちを呼び集めている。そうだ、こんな日は外にいちゃダメだ。ほとぼりが冷めるまで目立たず、騒がず、静かにしているのが一番だ。鮮血の謝肉祭だか何だか知らないが、あの殺意に満ちた暴君に付き合ってやる必要はないんだ。わざわざ危機に近づいて馬鹿を見ることはない。

このとき僕は、そんなことを考えていた。そして、それは僕だけでなく、恐怖政治の下で暮らす庶民の、ごくごく普通の思考だったと思う。

でも、そんなふうに考えない者が、一人いた。

すぐそばに。

「ジーク……？」

ふと、気になって、その姿を探す。教会内を見回すが、見える範囲にはいない。

悪い予感がして、彼女の寝室を開ける。だけどそこも空っぽで、やけに整頓されたベッドや毛布の様子が何かを物語る。

（まさか）

普通は、そう思う。まさか。まさかありえない。そんなことがあるはずがない。

でも、心は気づいている。

僕はもう知っているから。

彼女の胸の奥にある、想(おも)いの強さを知っているから。

だから僕は走り出す。一直線に駆け抜け、そして体当たりをするように教会の扉を開け、それから道を走る。ひたすらに走る。

息が切れて、それでも走って、やがて、うっすらと靄(もや)の中に見える、その背中を見つける。


「ジーク……ッ‼」


驚くほど、自分でも声が上ずっていて、感情的になっていることに気づく。この感情はなんだろう。恐れ、呆(あき)れ、怒り、それらすべてをないまぜにしたような、彼女に対する個人的感情。

僕が叫ぶと、彼女は立ち止まり、

「なんだ」

低い声で、そう告げた。半身のような姿勢で振り返ったのは、どこか彼女の気持ちがすでにここにはないことを示しているようだった。

「ど……」

震える声で、尋ねる。

「どこに、行くの？」

「………」

彼女は何も答えず、無言で道の向こうを見る。その先には城下町の中心部がある。右腕には、僕が作った『義手』。それは頼りなく二の腕から先にぶら下がり、彼女が振り向くと振り子のように揺れた。

「まさか、その……今から大聖堂に行くとか……」

声を震わせながら、すがるように同意を求める。

「そんなわけ、ないよね？」

「私は行かねばならない」

「やめてよ」

怒気を込めた声音で、言葉をぶつける。

「そんな、やめてよ。行って、どうしようって言うんだよ……」

怒りから始まったような声は、哀願になり、消え入りそうに地面にこぼれる。そうだ、これは恐れ。彼女のこれからやろうとしていることに対する、明らかな恐怖。

眼帯の騎士は、見えぬ両眼でじっと僕を見つめると、

「陛下に会う」

そう、はっきりと告げた。

「………」

息を呑んだのか、息が詰まったのか。予想していたのに、意表を突かれたような。

「無理だよ」

僕は哀願を続ける。

「た、たくさん、いるんだよ、兵士。兵士、たくさん」

焦（あせ）っているのか、言葉が妙にどもる。

「行ったら殺されるよ」

「だとしても」

その意志は決して揺るがない。

「行かねばならない」

「なんで？」

それは幾度も繰り返した疑問。

「なんで、そこまでするの？　もう十分じゃない。だって君、もう十分に、頑張ったじゃない」

息が苦しいのは、走ってきたからだけじゃない。

「その『眼（め）』も」

彼女の眼帯を見て、

「その腕も」

その義手を見て、

「今度は……『命』まで、差し出すの?」

「…………」

眼帯の騎士は、まだ半身で、黙っている。きっと、僕の言葉は届いていない。耳に入ってても、その言葉は彼女の魂には届いていない。

「行ってどうするの?」

「陛下と会う」

「会ってどうするの?」

「陛下と話す」

「話してどうするの?」まるで、子供じみた問答だった。だけど僕は、言葉を発することで、彼女を繫ぎとめたかったのかもしれない。

「陛下を止める」

「どうやって?」

「どうやっても」

「無理だよ。だって、あんな、あんなの、説得、できるわけないじゃん」

子供みたいに、駄々をこねるように。

「前は、説得できた」

「え」

「おまえを助けるときは、説得できた」

「あんなの説得って言わないよ」彼女の言うことが理解できない。「両腕、取られたのに」

「取られたのではない。捧げたのだ」

「馬鹿！　そんなこと言ってたら、今度は『腕』だけじゃなくて『首』を差し出せって言われるよ！」

思わず怒鳴ったが、彼女はただ眼帯ごしに、じっと僕を見つめる。

（……ッ）

察する。

その無言の眼差しが、答えだということを。

「嘘だと、言ってよ」

何度同じ台詞を吐いただろう。

「そんな、だって……死んじゃうよ」

「………」

「おかしいよ」

「…………」

「そんなの、そんなの……変だよ、おかしいよ……」最後は涙声で、彼女の服を掴む。

泣き落としなど効かない。そんなことは分かっている。

だけどこのまま、行かせられない。行かせられるわけがない。

彼女は黙っている。黙ったまま、僕に背を向けている。

僕はまた問いかける。

それしかもう、彼女を止めるすべはないから。

「死んでもいいの？」

「かまわぬ」即答だった。

「どうして」僕も即座に問い返す。

「それが騎士道だ」

「嘘」

僕は知りたかった。いや、本当はもう、とっくに知っていた。

だけど彼女の口から聞きたかった。

「君は嘘をついている。だって分かるもの、僕は。僕だけは」それは世界で、僕だけにある確信。「僕たちは、隠し事ができない関係だろ？」

するとジークフリーデは、観念したように、「……そうだったな」とため息まじりに返す。

「君の心にあるのは」

僕は息を吹き込むように、相手の背中に語り掛ける。

「ただ一人」

「…………」

そのときだ。

ふっと、彼女が振り向き、初めて僕に向き直った。

(あ……)

なんだろう。

その顔は、ああ、どうして、こんなに。

それは、微笑だった。今まで見たことのない、優しげな微笑を浮かべて、
彼女は告げた。


「私は陛下を愛している」


鐘が鳴った。

まるで終わりを告げるように。

「心の底から、ロザリンデ様、ただおひとりを愛している」

それは愛の告白。掛け値なしの、実直な彼女だからこそ、一片の嘘も衒いもない、真実の吐露。

「だから、ロザリンデ様のもとに行く。そしてロザリンデ様にこの身を捧げる」

「……ッ」

ギュッと、拳を握る。

「もう、いないんだよ」

「なに？」

「君が慕った、あの時代のロザリンデは――もういない」

それは僕が見た、彼女の記憶。幼いジークフリーデが出会った優しきロザリンデの記憶。

「君が愛しているのは、あのころのロザリンデ。だけどそれは、もう……」

「………」

鐘はまだ鳴り響いている。

鎮魂でもない。祝福でもない。

（あ……）そのとき僕は気づいた。

この鐘は、もしかして女王がジークフリーデを呼ぶ音ではないか、と。

そして彼女は、答え合わせをするように、こうつぶやいた。

「陛下が呼んでいる」

そしてジークフリーデは歩き出した。

僕を置いて。

愛する人のもとに。

「う、う……」

僕は膝をつく。頭を垂れる。

なんだろう。

なんだ、この、気持ちは。

——ロザリンデ様を愛している。

真実を知りたかったはずだったのに。

自分から答えを求めたくせに。

だけどそれは、一番聞きたくない答えだった。

少しは彼女の力になっていると思っていた。短い間でも、命がけで行動を共にし、お互いの命を助け合い、預け合った。彼女が両腕を失ってからは、世話を焼いて、日々の介助をして、義手を作ったりさえもした。そして僕たちは、偶然のこととはいえ、お互いに過去も記憶も包み隠せない仲となった。だから少しくらいは、僕の存在が、彼女にとって必要とされていると信じたかった。

なのに。

敵わない。

彼女の愛した『ロザリンデ様』に、僕はまるで敵わない。

（僕……）

ジークフリーデが遠ざかる。その姿は遠く、小さくなり、もうほとんど見えない。

（僕、もう……）

そのとき。

――いいの？

声がした。

ハッとして、顔を上げる。

え？

そこにいたのは意外な人物だった。車椅子に乗った、顔を包帯で巻いた少女。

「ラ、ラーラ!?」

僕はびくりとする。いつからそこにいたのだろう。ラーラ・リートが、車椅子に乗って僕を見ている。こんなに近くにいたのに、まるで気配がしなかった。

（あれ？）

驚いたのも束の間、さらに重要なことに気づく。

ついさっき、聞いた気がする。誰かの『声』を——でもラーラは声を出せなかったはずだ。

「ラーラ、君、さっき——」


——そう、私ですよ。


「うわっ⁉」

思わず飛び上がりそうになる。決して大きな声ではないのに、それはまるで耳元に——いや
もっと近くから響く『声』。

(これ……)

今のは耳を通じて聞こえたものではない。直に脳内に響く声だ。

「念話……？」

僕がラーラを見ると、彼女は小さくうなずいてから、

——その一種です。

「き、君……、ま、魔術が使えたの？」

驚いて尋ねると、彼女はいともあっさりと認める。

——使えます。

「嘘……」

驚いた。いや、魔術師がいるのはそこまで珍しくないけれど、若くて、しかも『念話』なんて上級魔術を使える者は今の時代にはそうそういない。しかもそれが、この子だったとは……。

「君、魔術師だったの？」

そんなそぶりはまるで見せなかった。いや、あの体中に記された魔術紋は、そういうことだったのか？

――魔術師というほどではありませんが、いくらか嗜んでおります。

「どうして黙っていたの？　あ、いや、責めてるんじゃなくて――」

僕も『念話』で話してみる。

(早く言ってくれればこうやって話せたのに)

――すみません。でも、今までは無理でした。

確かに伝わっている。はっきりとした音声は、彼女が相当高度な使い手であることを示す。

「どういうこと？」

――これまでは、この『首輪』のせいで、自由に話すことができませんでした。今でもそうです。

「その首輪って、結局何なの？」

前から疑問だった。ラーラの首にがっちり嵌った、赤い宝石のついた首輪。魔術紋が浮かんでいることから魔術に関するアイテムなのは間違いないが、僕が一度吹っ飛ばされてから懲りたので、あれから特に調査が進んでいない。

――私はこれのせいで、自由に話すことができません。今も、私の記憶と言葉が、これによって制限が掛けられております。それでも少しだけこうして話せるようになったのは、オットーさん、あなたが私の微弱な魔力を、感じ取れるまでに成長したからです。

「ちょ、ちょっと待って」

新たな情報に、僕はますます混乱する。

「君、いったい何者？」

――ごめんなさい。

彼女はその場で謝る。

――だけど、詳しい話は後で。今は時間がありません。今は私を信じて。

包帯の隙間からは、真摯な瞳がはっきり僕を映している。嘘（うそ）を吐いているようにはとても見えないけど、だからといって話の信憑性（しんぴょうせい）を確かめるすべはない。

――オットーさんにお願いがあります。

ラーラは包帯越しの瞳を、まっすぐ僕に向ける。

――今こそ、あの子の、力になってあげてください。

「……え？」

──あの子に、ついていってあげてください。

それは意外な申し出だった。

ジークフリーデを止めるのではなく、『ついていってあげて』。

「でも、それは……ジークを死地に送り込むことだよ。あのロザリンデが待ってるんだ」

──だからこそです。

ララは確信に満ちた声で言う。この自信はどこから来るのだろう。

──一人で行かせてはいけない。本当は、私がついていきたいのですけど……今の私には、それができない。だからオットーさん、あなたに託すのです。

「……無理だよ」

ぼそりと告げる。

「僕では、駄目なんだ」

拳をぎゅっと握り締めて、答える。自分でそれを言うのは、胸が締め付けられる。

僕では駄目なんだ。だって彼女の瞳には──

──大丈夫。

車椅子の少女は退かない。

──きっと、あの子はこう思ってる。あなたに来てほしい、と。

「そんなわけない。僕の助けなんて……彼女には、要らないんだ」

はっきり否定すると、自分で自分が情けなくなる。

ラーラは熱心に続けた。

――立ち止まって、あなたの話を聞いたのはなんでだと思う？

（……？）

それは意外な指摘だった。

――本来のあの子なら、一目散で駆け付けるはず。だけどあの子は、この道をゆっくり歩いていた。そこにあなたが追い付いて、あの子は立ち止まって、じっとあなたの言葉に耳を傾けていた。それは、なぜかしら？

（なぜって……）

なぜだろう？　確かにジークフリーデは、ゆっくり歩いていた気がする。彼女が本気ならまず僕なんかじゃ追い付けないはずだし、僕が背中にすがりついても、振りほどく様子も見せなかった。

――名残惜しかったんですよ。

車椅子の少女ははっきりと告げる。

――あなたとの別れが、名残惜しかった。

そんなはずない。

――名残惜しいだけではありません。オットーさん、あなたと別れるのが、つらかった。だからあの子は、あなたが来るのを心のどこかで待っていた。

ジークが、僕を待っていた？　そんなわけない。そんなことがあるはずない。そう否定したいけど、ラーラの眼差し(まなざ)の前に言葉が返せない。

——あなたは、あの子の苦しみを初めて理解できた人だから。

（あ……）

思い出す。僕とジークフリーデの間の出来事を。でもどうして彼女がそれを知っているんだろう？

「記憶を……共有したから？」

——それもありますが、もっとシンプルで、尊いことです。それはあの子にとって、あなたが大事だからです。

「だけど、ジークにはロザリンデが」

——自信を持って、オットーさん。彼女はあなたを必要としている。そしてあなたは彼女を求めている。答えは出ているはずですよ。自分の胸に、手を当てて。

（胸に……）

僕は胸に手を当てて、考える。答え。僕の答え。

——あなたは、何が望み？　本当はあの子にどうしてほしい？

僕は——

そうだ。

答えは、決まっていた。気持ちは、最初から。

「僕は……」

涙といっしょに、絞り出すように、

「ジークに、死んでほしくない……」


急に、周囲の音が戻ってきた。鐘の音はまだ鳴り響いており、それはまだすべてが終わっていないことを示していた。

——やっと素直になりましたね。

包帯の下の目元が、にっこりと微笑(ほほえ)む。その深い色の瞳は、まるですべてを受け入れる女神のように。

——もう大丈夫。

力強く、背中を押して励ますように。

——その気持ちが、きっと、あの子を救います。この深く哀(かな)しい運命から。

彼女が僕の手を握る。

——さあ、行って。

そしてラーラは、最後にこう告げた。

——あの子が待ってる。

2

「待って！」

僕が呼び止めると、「なっ……⁉」と彼女には珍しく、ひどく驚いた様子で振り向いた。

大聖堂から近い、人気のない路地裏。彼女はそこで、義手の様子を確かめていた。斬り込む前の最後の準備だろうか。見つけられたのは魔量計や魔方位磁石の反応のおかげだ。ジークフリーデの義手には関節や駆動部に魔術紋が仕込んであるから、近くにいればその魔力反応で位置を突き止められる。

「ど、どうしておまえが、ここに？」

普段冷静な騎士が、今だけは啞然（あぜん）とした顔で。

「もう来ないかと思ってた？」

「何をしに来た」

最初の驚きが消え、その顔が険しくなる。

不思議だった。

ついさっきまで、僕のほうが彼女にすがっていたのに、今度は彼女のほうが僕を見て、ひどく戸惑っているのが分かる。

——自信を持って、オットーさん。彼女はあなたを必要としている。

ラーラの言葉の意味を、少しだけ実感する。自信はないけど、それでも、彼女にとって僕の存在は、たとえわずかでも、心の中を占めることができているのだ、と。

「君といっしょに行こうと思って」

「馬鹿な」

「馬鹿とはなんだ、この騎士道馬鹿」

「なんだと」

今は軽口が少し嬉しい。

「一つ、分かったことがあるんだ」僕は彼女に歩み寄る。彼女は意表を突かれたように、一歩下がるが、僕のほうが早い。

相手の服を掴むと、おでこをその胸にくっつける。彼女は少し抵抗するそぶりを見せたが、それでも逃げようとはしなかった。

僕は彼女を見上げる。

お互いの顔が近くて、眼帯ごしでも、彼女はやはり美しかった。

「君は、止めても行くんでしょ？」

「………」

彼女は黙っている。

「だったら僕もついていくよ」

「………」

「決めたんだ」

——ロザリンデ様を愛している。

そう、彼女に愛する人がいるように。

それはきっと、わがままだった。彼女の意志とは別の、僕の意志。身勝手な要求。

「僕も、いっしょに、行くよ」

でも、それでいいと気づいた。

彼女が自分の想い（おも）に殉じるなら、僕は僕の気持ちに従う。このジークフリーデ・クリューガーという、風変わりで、頑固で、無鉄砲な少女騎士と、いつの間にか離れ難く（はなれがたく）なってしまった、その気持ちに。

「君がロザリンデといっしょにいたいように、僕も君といっしょにいたいんだ。……だから止めても無駄だよ」

「おまえ……」

ジークフリーデは困ったように、「何を言っているんだ」と返す。今まで一歩も退かない彼女が、ふいに視線をそらしたのは、きっと僕の勝ちを意味していた。

「いいよね」

「死ぬぞ」

「違う、逆」

「逆？」

彼女が僕を見る。上目遣いの僕と、至近距離で視線がぶつかる。それは眼帯ごしでも、はっきりと感じる彼女の瞳。

「生きるために、行くの」

「………」

「その結果、もし二人で聖女(バルムヘルツイヒ)の生贄(いけにえ)になったとしても……僕はそれでかまわない」

そこまで言うと、彼女はそっと僕から離れた。あの鬼神のような強さと、強靭(きょうじん)な意志を誇る少女が、恐れたように後退する。

「私には……おまえという人間が分からない」

「僕も君って人がいまだに分からなくなるよ」

少し小首を傾(かし)げて笑ってみせる。

彼女は僕をじっと見たあと、うつむき、それから、鐘の音が鳴り終わったのに気づくと、

「私はもう行く」

先に歩き出した。

十分だった。

きっと彼女は、首を縦には振らない。そういう人だから。自分以外の誰かの命を懸けたりする人じゃないから。だからこれは、僕自身の納得の問題。

彼女と共に行くと決めた、僕という人間の生き方。

「あ、ちょっと待って」

そこで僕は、彼女の『腕』を掴む。それは僕が作った『義手』。

その乾いた手を握り締めて、僕は冗談めかして言った。

「秘策があるんだ。……君の主治医としてね」

3

リーベルヴァイン第一主神教会。

神聖にして荘厳な、この国屈指の建造物は、背の高い塔と、聖女の顔が彫られた巨大な鐘が特徴だ。臣民はこの建物を、尊敬と畏敬を込めて古くからこう呼んできたという。

大聖堂。

かつては人々に救済をもたらす場所だったが、今やこの国の恐怖の象徴となった場所。そこに、今は幾千幾万の人々が集い、そして慄(おのの)いていた。

「たすけてぇええぇぇッ!!」「やめてぇぇえッ!!」絶叫とともに、生首が切り飛ばされる。それは鮮血を引いて地面に吸い込まれていくと、赤い花のようにひしゃげて脳漿(のうしょう)が飛び散る。すでに大聖堂前の路面にはそうした赤い花が咲き乱れ、むせかえる鮮血の花畑と化していた。老若男女(ろうにゃくなんにょ)を問わぬ処刑に、集まった人々は「ああ……」「むごい……」「もういやだ」「なんということだ」「やめてぇ……」怨嗟(えんさ)と絶望の声は、兵士がいる前でも自(おの)ずと漏れて、子供の泣き声が響き、だがそれを制止する兵士たちですら、どこかその顔は引(ひ)き攣(つ)っている。

慈悲深き聖女(バルムヘルツィヒ)には次々に『罪人』が連れてこられる。今度は年端(としは)もいかぬ子供が、鐘の穴から顔と手首を突き出す。人々がまたどよめき、ある者は祈るように手を組み、ある者は頭を抱え、ある者は震える体を必死に押さえつけている。共通しているのは、誰もが死んだ目をしていることだ。

(どうする?)

(正面から行く)

（言うと思った）

路地裏で、小声で会話を交わす。

こんなに兵士が大勢いる場所で、正面突破など無謀もいいところだろう。

だが、今はそれが最もこの場にふさわしい気がした。この国を救う方法があるとすれば、それは恐怖に脅え切った民衆が、自らの胸に勇気を取り戻すこと以外にない。そうでないかぎり、今の絶対王政が倒れたところで、また新たな権力者がこの国を牛耳るだけだ。

（ま、この人がそこまで考えてるか分からないけど）

（何か言ったか？）

（んーん、べつに）

ただ一つ、言えることがある。

この恐怖に染まり切った王国で、ただひとつ残された希望があるとすれば、それは両眼を失い、両腕を失い、なおも勇気の炎を消さないこの騎士――ジークフリーデ・クリューガーだということだ。

（行くぞ）

（了解）

そして始まった。

僕たちは、静かに、路地裏を出る。頭を垂れる群衆の中で、平然と立って歩く僕たちを、兵士たちがすぐに感づく。だが、『彼女』の姿を見た途端に、誰もが驚愕で目を見開く。

「あ、え？」「どうした？」「あれ……」「え」「あれは」「まさか」「馬鹿な」「嘘だろ」「死んだはずでは」——幾千のざわつきが、さざ波のように起こり、それはやがて伝播する。

兵士の誰かが叫んだ。

「クリューガーです!!」

それは開戦の始まりのごとく。

「ジークフリーデ・クリューガーが現れました……!!」

その瞬間だった。

視線の矢が、すべて一点に集中した。

跪く幾万の『臣民』の中で、ただ一人、膝を屈しない、己を貫いた人物。

処刑が止まる。

大聖堂の鐘——『慈悲深き聖女』の前にいた処刑人たちが、こちらを見下ろし、それからうろたえたように背後を見る。処刑を続けていいかどうか、自分では判断がつかないのだ。この国は、たった一人がすべての決定権を握っているのだから。

　この国でただ一人の権力者と、
　この国でただ一人の反逆者が、
今、再び、相まみえる。

「──生きていたか、ジーク」


声が響き渡った。

大聖堂の上から現れたのは、この国の絶対権力者。


ロザリンデ・リーベルヴァイン。


声がよく聞こえる。魔力で増幅しているのか、女王の背後ではあの『鐘』が輝いている。

「また、牙を抜かれに来たのか」

「──陛下」

ジークフリーデが答えると、僕も魔術で彼女の声を増幅する。この二人のやりとりは、この場にいる民、全員が聞き届けるべきものだと思った。

「陛下、愚かなふるまいはどうかおやめください。これでは『鮮血の謝肉祭(カルネム・レヴァーレ)』の二の舞です」

「祭りは二度でも三度でもかまわぬ」

「お戯(たわむ)れを。本日は陛下をお諫(いさ)めに参りました」

「その意気やよし。……が」

そこで女王が、ぐっとこちらを見下ろす。

「その体で、何ができる」

ジークフリーデはマントを羽織り、今は顔だけを出している。その顔も眼帯をしており、だけどその眼（め）ははるか頭上の女王を見据えている。

「お聞き届け、願えませぬか」

「聞けんな」

「ならば」

ジークフリーデは息をゆっくり吐き、

「いささかお叱りする必要がありそうですな」

「戯言（たわごと）は処刑台で聞こう。――やれ」

そこで女王が顎をしゃくる。すると、兵士たちが一斉に駆け寄り、ジークフリーデと僕を取り囲む。

「足を捥（も）いでも、皮を剝いでもかまわん。ただし殺すな。生きて命乞いさせよ」

女王の無慈悲な命令が下される。

すると、兵士たちは一斉に武器を構えた。抜剣する音と、槍（やり）を構える音が重奏となってその場に響く。僕たちのそばにいた群衆が一斉に離れ、何重もの同心円ができる。群衆がいて、兵士がいて、その円の中心にいるのが僕と彼女。

静寂が訪れた。

見守る群衆も、武器を構える兵士たちも、そして僕たちも、ただ黙って、事態を見据えている。僕は手にした杖（つえ）をぎゅっと握りしめ、時を待つ。普通なら立っていられないような状況だが、今は不思議と怖くなかった。目の前にいるまっすぐで大きな背中が、何よりも頼もしく見える。

「何をしている……ッ！」隊長らしき兵士が叫んだ。「彼奴（あいつ）は両腕がないんだぞ！　恐れるな、行け！」

それが合図だった。兵士たちが、武器を携えて突撃してきた。大聖堂の広場には、次から次へと兵士たちが――いや、『たち』なんて可愛（かわい）いもんじゃない、『軍勢』が押し寄せてくる。

だが。

彼女のマントが、脱ぎ捨てられた瞬間。

光の線が走った。

「ぐあっ⁉」「げぅっ⁉」兵士たちが重い甲冑（かっちゅう）ごと吹っ飛び、一瞬で五人が転がる。

マントがひらりと落ちて、そこに現れたのは、

長剣を掲げた、眼帯の騎士。

「なァ……ッ⁉」

兵士たちが口々に叫ぶ。「はア⁉」「な？」「腕が‼」「腕が……⁉」彼らの視線が、ジークフリーデに集まる。正確には、その剣を支える、
両腕に。

「な、なぜ腕が……⁉」

「さーて、どうしてかな？」僕は兵士に微笑みかける。半分は自棄だけど、半分は自らへの鼓舞だ。「種も仕掛けもありません。なぜならこれは――」

魔術だから。


――秘策があるんだ。……君の主治医としてね。

「ギャア！」「ウアア！！？」

騎士たちが彼女の剣閃で吹っ飛び、地面に叩きつけられる。

からくりはこうだ。今、ジークフリーデは『義手』を使い、剣を振るっている。その『義手』は彼女が剣を振るうたびに、僕の『念動』によってサポートされ、義手でありながら生身の腕と遜色のない動きを見せている。負荷のかかるとまずい切断面を『包体』で包み、まだ神経の接続が完全ではない両腕を『念動』で動かす――魔術と剣術の融合とでもいうべき状態。

これは、本来ならまだ未完成の義手に、僕の魔力を限界まで注ぎ込んでいるからこそ成せる『秘策』で、もってせいぜい今日一日。場合によっては、僕の魔力が尽きれば『腕』はあっという間に元の義手に戻るだろう。だからこれは危険すぎる賭けだった。

（——でも）

ぶっつけ本番だが、なぜか、うまくいく自信があった。ひとつには、僕と彼女が『記憶』を共有したことから来る、ある種の共感覚——過去に何千何万と振るわれた剣技剣術の膨大な記憶が、僕の中には鮮明に焼き付いてた。すべての修練、血の滲む稽古の果てに身に付けた剣術の基礎にして応用、心得にして極意——そうした彼女の記憶は僕の記憶であり、だから僕は彼女の動きを知識ではなく感覚で理解できた。彼女が次にやろうとする剣の軌道も、繰り出す構えも、間合いとタイミングを図る呼吸のリズムも、果ては小指に掛かる剣の重みさえも、今の僕には手に取るように分かる。

そしてもうひとつは、彼女の『眼』。ジークフリーデの眼窩から漏れ出る『魔力』を、僕の『魔力』とリンクさせて、僕が彼女に魔力を送り込むのと同時に、彼女も僕に魔力を送り込む——二人の動きを共鳴させることで、僕たちは二心一体となった。彼女の『意志』が僕に伝わり、僕は同時に彼女の意志を『腕』に伝える。

つまり——

僕が君の腕になる！


「あの女を狙え！」

だが、その仕組みは早くも見破られる。

「クリューガーの後ろにいる、あの女だ！　アレを狙え！」

アレ呼ばわり。知名度の低さが泣ける。いや、誰も知らないと思うが、これでも世界一と謳われた魔術師の一番弟子。舐めてもらっちゃ困る。

「弓隊、構え……ってえ！」

遠方から、数十本の弓矢が放たれる。それは彼女だけでなく、僕の頭上にも降り注ぐ。

だが。

（大丈夫？）

（問題ない）

僕たちは『念話』を通じて、心で会話する。義手に注いだ魔力は、そのまま僕たちの絆となって心まで繋いでいた。

そして。

僕の頭上で、光が走った。

一瞬で数十の矢が吹き飛ばされ、跳ね返され、叩き落とされる。「んなっ……⁉」と兵士た

ちが驚愕の声を上げる。

「彼女には指一本触れさせん！」

ジークフリーデが啖呵を切る。その凛々しい声に少しドキリとする。何だ、すげぇカッコイイな！

（何か言ったか？）

（あ、いや、今のナシ）

そうだ、聞こえるんだった、今は。

（遅れるな！）

（うん！）

彼女が先陣を切り、僕は身を伏せながら後に続く。前方では光の嵐のような剣閃が咲き乱れ、剣を振るうたびに彼女の腕の切断面が輝く。僕は魔力が切れないように念じ続ける。これは二人の戦い。僕の魔力と彼女の体力、どちらが切れてもその時点で終わりだ。

「中に入れるな！」

兵士たちが大聖堂の入り口を固める。あっという間に数百の兵士が立ちはだかる。どうやら一直線に突破して本陣に切り込む――といった当初の目論見は簡単に行きそうにない。

（ウッ……）

思わず心臓を押さえる。

（大丈夫か⁉）

（うん、なんとか……）

強がるが、走る速度が落ちる。さっきから僕は持続的に『念動』を使い続けている。しかもジークフリーデの剣技に合わせるために魔力全開だ。体にかかる負担は普通じゃない。ほとんど無呼吸で全力疾走するような、心臓が破れてもおかしくない魔力の壮絶な酷使。

（数が多すぎる……ッ‼）

予想以上だった。四方を兵士たちに囲まれ、さしものジークフリーデも防戦一方になる、飛んでくる矢や、突き出される槍を圧倒的な剣閃で叩き落としてはいるものの、相手の無尽蔵な物量に押され始める。

（どうすれば――）

確かに、ジークフリーデは超人的だった。降り注ぐ矢を撃墜しながら、敵の大軍を相手に一歩も引かず応戦する。攻撃と防御をすべて同時にこなす神速の剣風。僕のサポートがあるとはいえ、肩も肘も二の腕も、すべて彼女が動かし、義手とはいえ相手の打撃を受け止めるのも彼女の生身だ。僕たちの周囲だけが見えない風の障壁に守られているかのようで、それは結局のところ、彼女の卓越した剣技と、そして眼帯越しでも周囲を把握できる光なき視覚のおかげだった。

しかし、それでもなお押される。包囲網は狭まり、ジークフリーデが打ち漏らした矢が僕の足元に刺さる。どんな超人でも無限に降り注ぐ数百数千の攻撃を撃墜するなど不可能だ。圧(お)される。圧(お)される。次々に圧(お)されて、僕たちは追い詰められる。薙(な)ぎ倒(たお)した兵士が周囲に石垣のように積まれ始めても、怒濤(どとう)のような軍勢は減ることなく、むしろ勢いを増している。僕の腕を矢がかすめ、血が噴き出す。ジークフリーデも同じで、彼女の足元にできた血だまりは傷の深さを物語る。

（このままじゃやられる——）

万事休すか、と思ったとき、

不思議なことが起きた。

僕たちを取り囲んでいた大軍が、いきなり嵐にさらわれたように、土砂とともに吹き飛んだ。

（……えっ？）

一瞬だが、敵の攻撃がやむ。

戦場が静まり返った中で、砂塵(さじん)が舞う中、その向こうに人影が見える。

長剣を携えたその人物は、凛(りん)とした口調で告げた。

「——まったく、先輩は昔から無茶苦茶ですね」

4

炎のような深紅の髪が、かがり火のごとく戦場で映え、その剣は本人の眼光と同じく鋭くぎらつく。

「イザベラ……！」

ジークフリーデは驚いた声で後輩の名を呼ぶ。兵士たちからは「ふ、副団長……!?」「生きていらしたのか!?」「バルテリンク様……!?」と驚愕の声が相次ぐ。

「単騎で突入など、まったく狂気の沙汰ですね」

「単騎じゃなくて二人だよ」

「魔術師、相変わらずおまえは口が減らんな」

イザベラは肩をすくめ、呆れたように僕を睨む。だけどその眼差しに敵意は感じられない。

「急げ。――殿は私が引き受ける」

「え、え？」

「命の恩義は、命にて返す」

――イザベラは誇り高く、義理に厚い騎士だ。この教会を売るような真似はしない。

かつてのジークフリーデの言葉がよぎる。僕たちを売るどころか、助けに来た。こんな大軍の真っ只中の死地へ。

義理堅い少女騎士は、剣を掲げ、戦いの前の口上を高らかに叫んだ。

「我こそはリーベルヴァイン王国騎士団所属、イザベラ・バルテリンク。本日はジークフリーデ・クリューガーの助太刀に参った。異議ある者は我の屍を超えていけ……!!」

「そ、そんな、バルテリンク様までが、謀叛を——」兵士たちが驚愕の声を上げながら、お互いの顔を見合わせる。かつての上官を前に、うろたえた様子。

(行くぞ！)

(う、うん……！)

この隙に、僕たちは再び突破を図る。怯んでいた相手に向かい、ジークフリーデを先頭に突撃する。背後では、「何をしている、謀叛だ、討て、討てぇっ！」と指揮官が号令を掛けるが、すぐに轟音が響く。

「行かせんと言っただろう!!」

イザベラが剣を振るうと、まるで土壁のような激しい土砂が噴き上がる。その凄まじい勢いで兵士たちは足止めを食らい、放たれた矢も跳ね返される。思わぬ伏兵によって指揮系統が混乱した兵士たちは、僕たちとイザベラ、両方に気を取られる。今までの怒涛のような集中砲火がやみ、包囲網に綻びが出る。

乱戦——それは僕たちにとって最も望む展開。

目の前では、大聖堂の入り口を固める兵士たちが、『先輩』の嵐のような剣閃で次々に薙ぎ倒され、背後では『後輩』が獅子奮迅の活躍で兵士を足止めする。二人の騎士は離れた位置にいるにもかかわらず、息が合った連携で大軍を分断し、両断し、圧倒する。

「イザベラ……！」

ジークフリーデが叫ぶと、後輩騎士は「はっ！」と返事をする。二人とも剣を振るいながら、「ここは任せたぞ！」「承知！」と言葉を交わす。

ふっと、僕もイザベラと視線が合った——気がした。彼女は小さくうなずき、そしてまた大軍へと斬り込む。それはなんとなくだけど、『先輩を任せたぞ』というメッセージに思えた。

（イザベラ、どうか無事で……！）

そして僕たちは、第一関門を突破する。

大聖堂の入り口を陣取っていた、最後の兵士を退けると、ジークフリーデは両手で構えた剣を振り下ろした。見上げるような分厚い扉と、そこに掛けられた錠が一瞬で両断され、自らの重みで扉が倒れる。

——よし！

僕たちは、ついに大聖堂への侵入を果たす。目指すはもちろんこの国の絶対者が君臨する最上階。正門では爆発音のようなものが何度も鳴り響き、イザベラがそこで足止めを続けているのが音で伝わってくる。彼女の奮戦に報いるためにも、僕たちはもう振り返らない。

「いたぞ！」「通すな！」「魔術師のほうを狙え！」

（――させん！）

ジークフリーデの声が僕の中に響く。直後、僕を狙う矢も槍も投げナイフもすべてが剣閃によって撃ち落される。この人ホント強いわ。僕の無敵の盾。

（軽口を叩くな！）

（褒めてるんだよ！）

僕たちは階段を駆け上がる。兵士たちは次々に襲ってくるが、ジークフリーデは怯まない。戦女神のごとく、退かず、恐れず、ひたすら一直線に上っていく。階段を上ることで敵の経路も限定された分、一度に相手をする兵士は劇的に減り、潮目が変わった。膨大な軍勢からの攻撃ならともかく、ジークフリーデがせいぜい同時に数人程度の一般兵に不覚を取るなどありえない。

階段を上り切ると、別のフロアに出る。一本だけある廊下は、暗がりの中をまっすぐ続いており、その先には一つの『扉』が見える。廊下には誰もいない。

「入るぞ」

「う、うん」

気づけば、これまで雲霞のごとく群がってきた兵士たちがいなくなっていた。かなわぬと見ていったん撤退したのか、何かの作戦か。

両開きの扉を、重々しく音を立てて開ける。

そこには——

「来たか、ジーク」

獅子のごとく見事な銀の髪が、重厚な鎧の上を流れ、その人物は悠然と振り返る。

がっちりとした肩幅、隆々とした体つき、そして厳格と厳正の権化のような闘志溢れる眼差し。顔には無数の傷痕が勲章のごとくその戦果を誇る。

現役にして、なお伝説。

隻腕にして、なお最強。

「先生……」

愛弟子が、複雑そうに声を漏らす。

エルネスト・ファーレンベルガーがそこに立っていた。

5

武骨な主にふさわしい、簡素で、殺風景な、何もない一室。

「先生……」

「………」

ファーレンベルガーは、黙したままこちらを見る。

今まで鬼神のごとき勢いで敵を薙ぎ払ってきたジークフリーデも、様子が変わる。

それは普段寡黙で無表情な彼女が、あまり見せぬ表情。

「先生、聞いてください」

戦いの真っただ中でありながら、彼女は懇願する。

「私は、先生とは戦いたくありません」

(ジーク……)

彼女と記憶を『共有』した僕も、その気持ちは痛いほど分かる。まだ年端もいかぬ彼女に剣術と馬術の手ほどきをして、ときに厳しく、ときに優しく稽古をつけた恩人中の恩人。師匠であり、目標であり、憧れであり、壁であり――

身寄りのなかった少女にとって、実父以上といっても過言ではない存在。

「この国を救うには、先生のお力が必要です。どうか、私とともに、陛下をお諫めするよう、お力を貸して下さい」

　この説得が無為に終わることも、彼女はきっと分かっている。だけど、言わざるを得ない。それほど二人の『師弟』の絆は、分かちがたいのだ。

「ジーク」

　伝説の老騎士は、重々しく言葉を発した。

「教えを忘れたのか」

「え？」

「騎士は――」

　そこでファーレンベルガーが、静かに剣を引き抜いた。

「剣で語れ」

　次の瞬間。

（――！）

　巨大な剣を携え、老騎士が突撃してきた。それは疾風のごとき凄まじさ。

「くっ……！」

ジークフリーデが横っ飛びで回避するも、そこにすぐさま第二撃が振り下ろされる。彼女がさらに回避すると、今度は老騎士が剣を大きく振りかぶり、それを床に叩きつけた。

「なっ……！」

叩きつけた床は、爆薬でもしかけたように炸裂し、その衝撃波は床を土竜のように走った。

ジークフリーデが宙に飛んで回避すると、背後の壁で轟音が響き、壁がえぐれて中の支柱が剝き出しになる。

「先生……！」

「剣で語れと——」

また、ファーレンベルガーが突撃する。ジークフリーデは防戦一方で、これでは勝負にならない。

老騎士の一撃が、壁を横一文字に切り裂き、壁の建材が真っ二つになって転がる。

そこでいったん動きが止まる。すでに室内は斬撃による破壊で見る影もなくなっている。

「ジーク。なぜ、戦わぬ」

「先生こそ」

彼女は眼帯をした顔を哀しげに歪ませ、吐露する。

「なぜ、戦うのですか。何のために、今その剣を振るっておられるのですか」

「愚問だ」

師匠は弟子の言葉を切り捨てる。

「この国のためだ」

「しかし……この国は、倒れつつあります」

「倒れかけているからこそ、誰かが支えねばならぬ」

「ですが」

意外だった。僕と話しているときのジークフリーデは、『陛下のため』『この国のため』『それが騎士道』と頑なに繰り返していたが、今や逆に疑問を投げかけている。

「先生は、この国をどうしたいのですか。このまま存続させて、民が恐怖に脅える国を続けるつもりですか」

「国が倒れれば、民もまた潰れる」

「しかし」

「ジーク」

老騎士は再び、構えを取る。

「この国を救いたくば、我を倒せ。隻腕の朽ち木と化した我を倒せぬようでは、おまえの言う救国は絵空事にすぎぬ」

「先生……」

それは、僕には理解できぬ話だった。それぞれが国を憂い、国を救おうとしているのに、その二人が戦わねばならぬ。騎士とか武人の考えることは僕には理解できない。

(ただ……)

これだけは分かっている。

この二人の間には、誰も立ち入ることはできない。

「先生」

「よせ」

老騎士は首を振る。

「貴様と我はもう師弟ではない」

「先生……」

「弟子を名乗りたくば——」そこで老騎士の構えが、より力感を帯びる。「師を超えてみせよ」

次の瞬間だった。

ファーレンベルガーの剣が、光り輝いた。それが魔力なのか、闘気と呼ばれる何かなのかは分からないが、彼の剣の周囲が陽炎(かげろう)のごとくゆらめき、それは室内に広がる。

僕は剣術の素人(しろうと)だが、分かる。

(これ、ヤバい!)

「逃げて……ッ!!」

叫んだときには、すでに遅かった。

伝説の騎士が放った一撃は、すべてを飲み込んだ。目を焼くような巨大な光が走り、剣閃が空中を両断し、それはジークフリーデに向かって殺到する。床が瓦礫となって吹っ飛び、老騎士の放った一撃により床が丸ごと崩落し、

（わっ、わわっ……!!）

いきなり足場を失った僕は、吸い込まれるように亀裂の底へと呑まれていった。

わずかに時が経つ。

（ぐっ……）

崩落した先は、一つ下の階にある部屋だった。反射的に魔術で受け身を取ったが、したたか腰を打ち付け、体がしびれたように動かない。

（ジー、ク……）

体に痛みが走る。足をひねったか、どこか折れたか。治癒魔術を掛けようにも、うまく口が回らず、そんなことよりも彼女の安否が気になった。目の前は崩落した床の瓦礫のせいでほとんど視界がない。

やがて、いくらか埃が収まったあと、僕の前には人影が見えた。

剣を持った人物のシルエット。

「ジ――」

声を掛けようとして、気づく。

そこに見えたのは、ジークフリーデと似た銀色の長い髪を持つ、隻腕の老騎士。

「あ、あ……」

喉が詰まる。

目が合う。

伝説の騎士は、僕と向き直る。

「前にも会ったな、魔術師(メルルーシ)」

「……あ、はい」

間抜けな返事しかできない。

対峙(たいじ)して、分かる。その迫力、存在感、圧倒的な『これ』は――闘気？　剣気？　相手を呑み込む目に見えぬ迫力。その鋭い眼光に見据えられ、自分が一瞬で獲物になった気分、と言えばいいのか。

「ジークの腕は、おまえの仕業か？」

「あ、その……」

「そして今も、その剣をぬしが支えておる」

バレてる。僕がジークフリーデの『義手』を作ったこと、そして今も支えていること。すべて見抜かれている。

「魔術とは、奇妙なものだな……」

彼は静かに、僕に近寄る。

「我ら騎士とはまるで違う業のように見えて、高度に発達した魔術は卓越した騎士の業にも通じる……」

脅威が迫る。だが僕は動けない。本能は逃げろと告げているのに、体が萎縮して動かない。蛇に睨（にら）まれた蛙（かえる）。

斬られる。そう思った。この老騎士は、こちらのからくりに気づいている、僕がジークフリーデの『腕』を、連続した治癒魔術と念動魔術で支え続けていることを。だから、僕を斬れば、この勝負は終わる。

だが。

一撃を覚悟した僕に、大きな気配が近づき、そして──

（……？）

すっと、騎士は僕の脇を、そのまま通り過ぎた。

（え、え……？）

振り返り、老騎士の背中を見つめる。分厚い甲冑（かっちゅう）は何も語らず、ただ鈍く光る。

斬れば、勝利する──だが、斬らない。

どうして……。僕には理解できない。ひとつだけ、分かることがあるとすれば、

（これが――）

騎士道？

不思議だった。目の前に勝利が転がっているのに、この伝説の騎士はそれを拾わない。迷った様子すら見せない。正々堂々と、戦って勝つ。それ以外のことにまるで意味を見出していないかのように。

――どうして僕を助けるの？

かつても似たようなことがあった。僕が牢獄に囚われ、拷問係のような男に襲われたとき。あのときもファーレンベルガーは、僕を助けてくれた。

「待ってください」

呼び止めると、ファーレンベルガーの足が止まった。

本当は恐い。震えが止まらない。

でも知りたかった。なぜ、ここまで高潔なる騎士が、いまだにあの暴君に従っているのか、その理由を。

「どうして戦うのですか？」

「………………」

わずかに振り返った顔は、眼光鋭い獣のように僕を見据える。近くにいるだけで踏み潰されそうな威圧感。

それでも言葉を継ぐ。

「ファーレンベルガー、あなたはなぜ、戦うのですか」

間違っていると思った。

ジークフリーデと、この誇り高き老騎士が戦うのは間違っている。少なくとも、あの暴君ロザリンデのために戦い、どちらかが命を落とすなどあってはならない。

すると、

「愚問だ」

低く、重々しい声で返事があった。

師弟でそっくりの口ぶりで、

「騎士道ゆえに」

「でも、この国は腐っている」

こんなことを言ったら、その場で『手打ち』にされてもおかしくない。そう思うが、これは今、ここでどうしても確認しなければいけないことだった。

二人が戦う理由。

きっとこの戦いは無益だ。ここで流す血は悲劇以外の何物でもない。この二人が分かり合えれば、むしろそれがこの国を救うことになるのではないか。

「騎士道は、民を守ることが役目でしょう？　だけどこの国は民を苦しめ、その血を流している」

「魔術師風情(メルルーシふぜい)が、知ったふうに騎士道を語るな」

叱りつけるような声が刺さり、それだけで僕は身がすくむ。ジークフリーデはまだ姿を見せない。

「騎士は民を守る。そして民を守るためには国を守らねばならぬ」

「詭弁(きべん)だ」

つい、言ってしまう。

「そんなのは権力者の勝手な理屈だよ。この国は、もう、民を幸福にしない。その証拠に、この国の王は民から恐怖されている」

「恐怖こそ王の剣。王権の本質は恐怖」

不思議だった。あの伝説の騎士が、僕なんかにきちんと答えてくれている。

「恐怖が……本質？」

「王が倒れれば、国は混沌(こんとん)に陥る」

巨大な岩を打ったときの残響のごとく、その声は僕の耳朶(じだ)に響く。

「王の恐怖なき土地は、賊が跋扈(ばっこ)し、暴力が支配し、秩序を失う。それはさらに多くの悲劇を生み、民が土地を捨て、逃げ惑う。かつて戦乱の時代はいつもそうだった」

「でも、戦乱と同じくらい、今だってひどいよ」

「魔術師、おまえは賊に襲われた村を見たことがあるか」

「え？」

「村人を殺し、女をさらい、穀物も家財も根こそぎ奪い去り、最後に村を焼く。焼かれた無辜の民が、幼子の無惨な骸が、幾百幾千と転がる村を、見たことがあるか」

「それは……」

僕だって諸国を巡って旅をした。だから多くの悲劇も、惨劇も目にしてきた。

「どれだけ剣を振るっても」

老騎士は強く、柄を握り締める。

「どれだけ賊を斬っても」

それは長年、命がけでこの国を支え続けた騎士の述懐。

「我の力では、民を守れぬ。村を一つ守れても、また別の村が焼かれる。海からは異国の兵が押し寄せて港町を荒し、国内では賊どもが村を略奪する。戦乱の時代、繰り返される悲劇と終わらぬ戦いが、何年も、何年も続いた。だが、それに終止符を打つ日が来た」

普段、寡黙な老騎士には珍しく長い口上だった。僕は黙って耳を傾ける。

「今から二十年ほど前に、今は亡き先代王がこの極西の大陸を統一された。分裂と混沌の極みにあった大陸を、当時小国だったリーベルヴァインが国土を広げ、反乱を平定し、諸侯を併合し、この地はやっと形を取り戻した」

それは僕も、いや、戦場に一度でも身を置いた者なら誰もが知っている。その戦いの中で、三十倍の兵力差を跳ね返した『ヴァルプスブルグの奇跡』、蛮族の侵攻から砦を一人で守り切った『ファシリテートの勇戦』、当時最強と謳われた大国の侵略を将軍同士の一騎打ちで防いだ『ヴェストテーリアの武勲』——この騎士がその腕で切り開き、勝ちとってきたのがこの国そのものだ。

「統一は諸国に知られ、異国の侵略が止まった。賊が城下町から追い出され、山や森に逃げ出した。この国は秩序と治安を取り戻した。——ゆえに」

その言葉は歴史に刻まれるように繰り返される。

「王は倒れてはならぬ」

それは騎士として戦い抜いた果てにたどりついた境地。

「王が倒れれば、さらなる悲劇がこの国に生まれる。だから、誰かが王を支えねばならぬ——」

そこでファーレンベルガーはこう続けた。

「それがたとえ偽りの王であっても」

「え……？」

耳を疑う。
今、なんて？　偽りの……王？
そのときだ。
「――遅いぞ、ジークフリーデ」
ファーレンベルガーが振り向いた。
（あっ……！）
砂塵（さじん）が収まり、晴れた視界の先に、
眼帯の騎士が立っていた。

「ジーク……！」僕は上ずった声で叫ぶ。「平気なの……⁉」

するとジークフリーデは、小さくうなずき、

「おまえこそ無事か、魔術師」

「まあ、なんとかね……」

僕はよろよろと立ち上がる。ファーレンベルガーのお目こぼしで生きているだけだが、一応無事だ。

「ジーク、腕は」

「まだ戦える」

彼女の義手は、両腕からぶら下がるように揺れていた。僕はもう一度集中して、「イ・ルブラ・アントゥル・レーン――」と詠唱し、義手に魔力を込める。僕の唇に鉄臭い味が流れ、心臓が鎖で締め付けたように痛む。もう魔力も限界だ。

ファーレンベルガーは、黙って僕を見ていた。それから、

「――ジークは」

低い声で、つぶやいた。

「……ったな」

(え?)

良い友を持ったな――そんなふうに言った気がした。

砂埃が収まり、視界は徐々に晴れる。床だけでなく、壁の一部が抜けて、青空が背後に見える。まるで天空の闘技場に移ったような錯覚。

「――別れは済んだか」

重々しい声が、吹き抜けの舞台に響く。

「お待たせしました」

ジークフリーデが向き直り、義手をわずかに確かめたあと、静かにその腕を持ち上げる。そしてゆっくりと、『眼帯』をほどいた。それはイザベラとの決闘でも見せた、彼女の全力の合

図。

目元の傷痕を露にした騎士は、すらりと剣を構え直し、

「先生、胸をお借りします」

「うむ」

老騎士は、威厳に満ちた声で言葉少なに言う。

「――参る」


そして戦いは再開した。


意図してか、偶然か。

一転して、戦いは静かなものとなった。

ファーレンベルガーは、ゆっくりと歩み寄ると、静から動へ転ずるように、剣を振るう。それをジークフリーデが剣で受け、持ちこたえると、また老騎士が剣を振るう。一撃一撃の鋭さ、重み、風圧、そうしたものが吹き抜けの室内に響き渡り、いくらかすると、今度はジークフリーデが剣を振るい、それをファーレンベルガーが受ける。

言葉はなかった。

だが、それは会話のように続いた。

一撃。

それを受ける、剣の火花。

返す一撃。

それを受ける、刀身のうなり。

（これ……）

まるで稽古だった。道場で、師匠が、弟子に伝える、教えの数々。二人が長く過ごした研鑽と鍛錬の日々が、ありありと瞼に浮かぶように、二人は剣を交えた。師匠の剣を弟子が受け、弟子の剣を師匠が受け止める。その繰り返しの中で、剣と剣がぶつかるたびに立つ火花が、二人の姿を映し、ともすればそれは神話のごとく、この頂上決戦を彩った。

いつの時代もそうだったように。

やがて、神話の時代は終焉を告げる。もう何十度目になるのか、ファーレンベルガーが放った一撃が、ジークフリーデの剣を捉えたとき、彼女は剣圧に押されるように後退した。そこでさらに老騎士が一撃を浴びせると、彼女はさらに後退し、それからは防戦一方になる。

「どうした」

言葉とともに一撃。

「それで、この国が救えるのか」

また一撃。

剣と剣がぶつかり合うたびに、ファーレンベルガーは一歩ずつ前に出る。

「その力が、覚悟が、おまえにあるか」

まるで剣とともに想いをぶつけるように。

「先生――」

それからは無言だった。ひたすらに、二人は剣を振るい、払い、ぶつけ合う。

剣で語れ。そう口癖のように言っていた老騎士の言葉どおりに、二人は今まさしく剣で語り合っていた。

どれほど長く、二人は語り合っただろう。長い、長い打ち合いが続き、やがて、
硬い、芯に響くような音がして、
均衡が崩れる。

(ジーク……！)

膝を屈したのは、銀髪の少女。

老騎士はかつての弟子を見下ろしながら言う。

「その程度か」

厳しい声で、諭すように。

「その程度の腕で、この国の行く末を案じていたのか」

「くっ……」

ジークフリーデは立ち上がる。その腕の切断面——縫合面からは出血が見られる。限界が近い。僕も連続する治癒魔術のために消耗が激しい。何より、付け焼刃が通じるような相手ではない。

「分かるか、ジーク」

老騎士は静かに諭す。

「ぬしがなぜ、打ち負けるのか」

「それは……」彼女は痛みを堪えた口調で返す。「私が、未熟ゆえ」

「違う」

師匠は弟子の言葉を切り捨てる。

「見えていないからだ」

「見えて……いない？」

「教えたはずだ。剣術の極意は『心眼』なり。肉眼よりも『心の眼（め）』で見抜け、と」

それは盲目のジークフリーデに対して、不可思議な指摘だった。

「ぬしは、盲目にして、なお『目』に頼っている。それが反応の遅れを生み、結果、我のような隻腕の老体にすら打ち負ける」

「……ッ！」

そのとき、ジークフリーデはハッとした顔をした。

「先生……」

「猶予はない」

ファーレンベルガーは腰を落とし、剣を構える。

「次で最後となろう。一刀にすべてを込めよ」

「はい……」

ジークフリーデも剣を構える。それはどこか、哀しげに。

「先生から学んだ、すべてを込めます」

「うむ」

二人がともに前傾姿勢になる。次で決まる――直感で僕にも分かる。

そして。

「いざ」「参る」

師弟が言葉を交わし、床を蹴る。そして、二人の姿が、二本の光の矢のように走り――

ぶつかる。

火花と火花が散り、衝撃の波動が凄まじい音で世界を震わせ、そして、
何かが飛んだ。

くるくると、回転しながら飛んだ『それ』は、僕の眼前に、ガツッと音を立てて突き刺さった。

それは『腕』。剣を握った腕。

（あ……！）

倒れたのは——

「見事、だ……」

老騎士。

○

隻腕の老騎士から、ざっくりと斬られて飛んだ『腕』は、主から離れてもなお剣を握りしめている。

それはまるで騎士の魂を封じ込めた芸術のごとく、あるいは墓標のごとく、切断面から血を垂らし、それは刀身を伝う。

「先生……」

少女は、倒れた師の体を抱きしめる。

「どうして……」

ジークフリーデは、その見えぬ両眼から光の粒を垂らす。

「先生なら、今の……」

「何が見えた」

「え？」

「斬るとき、何を見た」

「それは……」弟子は、師の問いに戸惑いつつも答える。「何も見えず……」

「…………」師は黙って待つ。

「ただ、見えずとも、先生の太刀筋だけは感じたので……無我夢中で、斬りました」

「うむ」

不思議な顔だった。自分の腕を斬られたのに、それはとても満足げな。

「ならばよし。……それが『心眼』だ」

「心眼……」

ジークフリーデは唇を噛む。

「先生。ひとつだけ、お教えいただけますか？」

「なんだ」

ファーレンベルガーは静かに答える。

「先生は、いつから……目を？」

（え？）

僕はここで、初めて気づく。

ファーレンベルガーの両眼が、焦点の合っていないことに。

「なに、前からだ」老騎士はこともなげに語る。「前の『謝肉祭』で、隻腕になったとき、陛下がそれでは足りぬと申されてな」

「まさか、それで目を……」

（あ、そうか！）

ふと、思い出す。かつてファーレンベルガーに初めて会ったとき。あのとき僕は目くらましに『光芒（レイア）』の魔術を使った。しかしそれはまったく彼に通用しなかった。あれは反魔素材の鎧（よろい）のせいというだけでなく、彼がそもそも視力を有していなかったから通用しなかったのではないか――

「皮肉なものだ。師弟で光を失うとはな」

驚きを禁じ得ない。この老騎士は、隻腕のみならず、今まで盲目で戦ってきたというのか。

いや――

床に突き立てられた老騎士の腕を見ながら、このとき僕の脳裏にはひとつの想像が湧いた。

もしかしたら、ファーレンベルガーがその腕と引き換えに助命嘆願をした部下というのは、他ならぬジークフリーデのことだったのではないか？

　両腕を失った老騎士は、どこか満足げに言う。

「心眼、よくぞ会得（えとく）した」

「いえ、私など、まだ……」

「忘れるな」

　そして師匠は、弟子に最後の教えを伝えた。

「最後は心の眼（め）で見ろ」

　心の眼（め）。それはまさにジークフリーデのための教えだった。

「我は……」そこで老騎士は、光なき瞳で、愛弟子（まなでし）を見据えた。「誇らしいぞ……」

　風が吹き抜ける。二人の師弟の向こうに広がる空が、あまりにも青くて、どこか現実離れしていた。

「立派な、弟子を……持って……」

「先生……」

　弟子の涙が、その光なき両眼から、師匠の顔にぽたぽたと落ちる。

　最後に老騎士は微笑（ほほえ）んだ。

「騎士道……」

　それは遠い過去を懐（なつ）かしむような、穏やかな顔で。

「見果てたり——」

それが最後だった。

伝説の騎士は、静かに瞼を閉じると、二度と動くことはなかった。

【memories】――キュリオス・ル・ムーン

最悪の報せは、深夜に訪れた。

「王妃殿下が……!?」

王妃付きの世話係から一報を受けると、キュリオスは跳ね起きた。壁のマントをむしり取るようにして手に取り、

「瞬転移……!!」

一瞬で床に魔法陣を描いて、城へと『飛んだ』。

移動魔術で王宮内に飛び出すと、キュリオスは一目散に王妃の寝室へと駆けた。廊下を走る間、後悔と自責が胸中を埋め尽くし、この三年間、宮廷魔術師として結婚後の王妃に付き添いながら、それでもどこか距離を置いて接していた自分を悔やんだ。

「王妃殿下……!!」

扉を開くと、ベッドの周囲には宮廷医と思しき人だかりが見えた。

駆け付けたキュリオスは、

「容態は……!?」

叫びながら、メアリーデ王妃の診察を始める。顔が恐ろしいほどに蒼白で、その肌には何か

紫色の痣のようなものが浮かび上がっている。一目で、呪殺用の魔術紋と分かる。

「先ほど廊下で倒れているのを、世話係の者が見つけ、ベッドに運び込んだばかり──」

「術者は⁉」

「兵士に城内を一斉捜索させておりますが、まだそれらしき者は見当たりません」

その後も「陛下は……⁉」「まだ外交先から戻られません！」「城内に怪しげな魔法陣がないか徹底して調べろ！　発見したら絶対に近づかずに私に報告！　王族の方々全員に反魔素材の防御服を着ていただくんだ！」と矢継ぎ早に指示を出し、最後は自分以外の全員を退室させた。

「イ・ルブラ・アントゥル・レーン──」

そしてキュリオスは、杖を掲げ、治癒に取り掛かった。


夜が明けるころには、すべての運命は定まっていた。

王妃は目を覚まさず、容体は悪化する一方。魔法陣によって呪殺の進行を食い止めるのが精いっぱいで、それ以外は何一つできない。呪いはすでに王妃の心臓に深く食い込み、もはやどんな魔術師でもそれを救う方法はなかった。焦点は、もはや王妃を助けることよりも、国王が到着するまで王妃を延命させることに移りつつあった。内心でそれを重々承知しながらも、キュリオスは最後まで必死の抵抗を続けていた。

王妃は眠っている。

それが永遠の眠りに変わるまで、あと数刻もない。

（ああ……）

彼女は王妃の手を握る。それは冷え切っていて、手の甲に浮かんだ魔術紋は、痛々しく白い肌に広がっている。

（私の、せいだ……私の……）

蘇（よみがえ）るのは、なぜか、元気だったころのメアリーデの思い出ばかりで、

――だ～れだ？

彼女はいつもわがままで、

――もう、キュリーったら、乳母みたいな小言はやめてよ～。

だけどそれは、息苦しい宮廷生活で、キュリオスにだけ見せる素顔で、

――メアって呼んで。

「メア……」

愛称で呼んだのは、きっとあの日以来だった。彼女がこの国に嫁ぐと決めた日。

本当は、もう会わないはずだった。彼女のもとから去るはずだった。だが、生来あまり体の強くないメアリーデの主治医として、リーベルヴァイン王から招聘（しょうへい）され、この国でまた宮廷魔術師をすることになったのは皮肉であった。愛する人のそばにいられる喜びと、愛する人が

自分以外の誰かと愛を育む姿を見なければならない苦しみ。だがそれも、今となっては贅沢(ぜいたく)な悩みだった。

「メア、お願い……目を、覚まして……」

その願いが、天に届いたのか。

「……ぁ……」

声がした。

キュリオスは驚いて、彼女の顔を見つめる。その乾き切った、薄い桃色の唇は、かすかに震え、それから、

「キュ……リー……？」

確かにその名を呼んだ。

「そう、私！　キュリーよ！　メア、分かる……？」

「キュリー……」

それは最後の言葉と、

「あの子を……」

微笑(ほほえ)みだった。

「ロザリンデ、を、おねがい……」

そして愛する人は、ゆっくりと目を閉じた。

その日、王妃メアリーデは息を引き取り、キュリオスの人生——その儚く、報われぬ愛は、二度目の終わりを告げた。

第四章　光と影

1

扉を開けると、まばゆい光が僕たちを出迎えた。

これまで通過した部屋とは全く異なる、華美で優雅な内装。蛍光性の鉱石で作ったらしき天井も、敷き詰められた絨毯も、教会らしいステンドグラスに描かれた美しき聖女たちも、すべてが豪華な造り。

大聖堂、その最上階。

「――ほう」

声がした方向には、この部屋の主――いや、この国すべてを治める少女が、おそらくは金無垢だろう豪勢な玉座に鎮座していた。

ロザリンデ・リーベルヴァイン。その顔つきは相変わらず憤怒と憎悪に塗り固められ、眉間の皺が恐ろしいまでに寄っている。その手には、やけにぎらつく赤い指輪。

「ここまで来たということは、ファーレンベルガーを退けたか」

「……御意」

あくまでジークフリーデは、臣下として応答する。

（あ……）

そこで僕は気づく。

ジークフリーデの体が、かすかに震えていることに。

これほど間近に、しかも誰の邪魔も入らずに再会するのは、おそらく彼女が眼を斬られたあの日以来だろう。悲願ともいうべき場を前にして、その胸中はいかばかりか。

ジークフリーデは心の整理でもするように、その場に佇み、じっと女王を見つめる。女王は玉座に腰掛けたままかつての親衛隊長を凝視する。僕は固唾を呑んで二人を見守るしかない。

空気が張り詰め、僕が息苦しくなったとき。

口を開いたのは、騎士のほうだった。

「──陛下に、申し上げたき儀がございます」

「頭が高い」

「はっ」

ジークフリーデが跪く。

なぜだろう、と不思議に思う。

すでに手勢はなく、頼みのファーレンベルガーも退場した。ことこの場に至っては『彼女』

は一人の非力な少女にすぎない。しかしそれでもなお、君主は君主らしく、臣下は臣下らしく振る舞う。ここまで人を縛り付ける権力とは、王位とはいったい何なのだろう。権威？　名誉？　栄光？　伝統？　分からない。

「もう、おやめになりませぬか」

「何をだ」

「これ以上、民を殺め、官を粛清するのをおやめになりませぬか」

「ジーク、いつから余に意見をする立場になった？」

「はっ」

手を絨毯につけ、頭を垂れ、かしずいた姿勢で、それでもなお彼女は言う。

「恐れながら、陛下――」

「もうよい」

あたかも小馬鹿にしたように手を振り、傲慢なる女王は足を組み直す。

「おぬしといい、ファーレンベルガーといい、ご高説はたくさんだ」

正直、腹が立った。

命を懸け、師を倒し、やっと愛する人のもとにたどりついたというのに、なんという仕打ちだろう。

だが、はらわたの煮えくり返る僕とは対照的に、当人は静かだった。

「陛下……」

その絞り出したような声は、かすれて、張りがなくて、どこか枯れた声。

ジークフリーデは、わずかに天を仰ぐ。玉座よりも視線が上を向いたのは、何かを諦めたような、すべてに絶望したような、そんな仕草。

そして彼女は別れの辞を述べる。

「終わりにしましょう、陛下」

「くどい」

「長きにわたる陛下の政は、民を苦しめ、人心を荒廃させ、商いを滞らせ、この国を衰退させました。路傍の浮浪児に過ぎなかった私を拾い、溢れんばかりの恩寵を賜りました僥倖、天に召されても決して忘れません。ですが、その陛下への忠誠を以てしても、いえ、陛下へ忠誠を尽くす騎士なればこそ、これ以上の陛下の振る舞いを看過することはできません」

「何が言いたい。はよう申せ」

「断腸の想いなりますれど」

最後まで礼節を弁えつつ、悲劇の騎士はゆっくりと歩み寄り、

剣を持つ手に力を込める。

（あぁ、ジーク……）

彼女と魔力を、そして記憶を共有しているせいか、僕にはジークフリーデの感情が濁流のよ

うに流れ込んでくる。（ジーク大好き！）（ジーク、どこ～）（ジーク、今日はいっしょに眠ろう？）幼いころの思い出が巡り、それはジークフリーデの最も深く、繊細な場所に、そっと大切に仕舞われた記憶の数々。彼女の熱い想いが僕の胸にも込み上げる。

胸が苦しい。

「陛下……」

震えているのは、その声だけでなく、その剣を持つ手も、

「私は、陛下の騎士として……務めを果たさねばなりません。――ゆえに」

そして彼女は剣を振り上げ、積年の想いを断ち切るように、

「陛下を斬って、私も逝きます」

今、すべてが終わろうとした――

そのとき。

「洗脳」

ロザリンデがつぶやいた瞬間。

その手に嵌めた『指輪』が光り、何かが宙に浮かび上がった。光る文字のようなものが飛び出すと、それは斬りかかろうとしたジークフリーデの体を突き抜け、彼女の動きがぴたりと止

まる。

（魔術……⁉）

女王の指輪が光った瞬間、ジークフリーデは硬直した銅像のようにその場で固まった。振り上げた剣は手からこぼれて床に刺さり、手を挙げた姿勢のままで微動だにしない。

「陛下、何を……」

「やはりその眼帯越しだと、ちと効きが薄いか？」

そこで暴君は、初めて玉座から立ち上がる。彼女が近づいても、ジークフリーデはまだ動けない。

（な、何をしたの……⁉　しかも洗脳魔術なんて……）

女王が魔術を使えたことにも驚いたが、あの一瞬で準備も熟練も必要な高度な洗脳魔術を……？　予想外の事態に僕は愕然（がくぜん）とする。注意していたのに、魔量計（メータリング）にも何の反応もなかった。

女王のあの『指輪』に魔力が込められていて、それがさっきの一瞬だけ発動した？

だが、今はそんなことを考えている場合ではなかった。

ロザリンデは、ジークフリーデの取り落とした剣を床から引き抜くと、それを両手で持ち直す。

「わざわざ余に殺されるに来るとは、見上げた忠義だなジーク」

その刀身が、天井を指すように振り上げられ、ジークフリーデに向かって振り下ろされ――

「――ッ‼」

間一髪。

女王の剣は、ジークフリーデの左腕によって阻まれ、それは肘から先の義手で受けられる。竹と繊維で編んだ義手に刀身が食い込み、指が数本飛ぶが、切っ先は彼女の首筋の前で止まる。

(危なかった……)

僕は手のひらを伸ばし、発動させた魔術が間に合ったことに胸を撫で下ろす。『念動』によってジークフリーデの義手を動かし、敵の凶器を食い止めたのだ。

「小癪な真似を……」

女王が僕に向き直る。その手に嵌めた『指輪』がこちらに向かって光る。

(ヤバ……っ!)

そして凶悪な唇が魔術を唱える。

「洗脳……‼」

「反射……‼」

間に合った――はずだった。しかし、女王の指輪から放たれた魔術紋は、僕の反射魔術を瞬時に掻き消し、

「ぐ……あ……っ」

衝撃で吹っ飛んだ。背中を打って呼吸が一瞬止まる。

(な、なんだ、今の……)

「まだ理解していないようだな」

女王がゆっくりと近づいてくる。

高価な靴を履いた足が、目前に迫る。

「う、ぐぁ……」

背中を踏まれる。だが、足蹴にされても僕はそれを振り払うことができない。こんな体重の軽い、小柄な少女の足を。

「体が言うことを聞かぬであろう。それは当然だ。さっきの一撃で、おまえにはもう半ば以上に『洗脳』が施されている。ジークでさえ抗(あらが)えなかった余の魔術、貴様ごときが防げるわけもあるまい？」

体が動かない。指先が震えるばかりで力が入らない。敵が洗脳魔術を唱えたあの瞬間に、もう決着はついていたというのか。

「不肖の魔術師(メルルーシ)、最後に何か言い残すことはあるか？」

「……そうやって」

もうここまでだろう。ここで死ぬのだろう。それは分かっていた。

だけど。

「あなたは……そうやって……」

背中にめり込む足が苦しい。痛い。叫びたい。

でも。

「多くの、人を、操って……虐げて……」

「何が言いたい？」

「それで満足？」

「あ？」

相手の言葉に怒気がこもる。

「そんなふうに、人を洗脳して……意のままに操って、楽しい？」

口の中が切れてて、血が溢れてくる。

「貴様、何を言っている？　もっと苦しんで死にたいのか？」

「ジークは――」

かまわず続ける。

「あなたを慕っていた」

ぴくりと、足が動いたのを背中で感じる。

「馬鹿みたいに、あなたに忠誠を尽くして、あなたの身を案じていた。目が見えなくなっても、両腕を失っても、たとえ命を失っても……あなたのために戦ってきた」

「………」

返事は無い。相手が何を考えているかも分からない。

でも続ける。

「そんな、ジークを……あなたは、洗脳しようとした。ううん、ジークだけじゃない、ファーレンベルガーも、この国の人々も、みんな、そう。あなたはただ、虐(しいた)げ、支配し、従わせることばかり考えた」

まだ返事はない。ただ、背中に置かれた足は震えている。それは僕のような名もなき魔術師に侮辱された屈辱か、それとも王として下層の民に意見される怒りか。

──陛下を愛している。

ジークフリーデの、あの微笑(ほほえ)みが瞼(まぶた)に焼き付いている。

「あなたは──」

ただこの一言を、ぶつけたかった。

「ジ、ジークにふ、ふさわしくない、い」

「……ッ」

歯を噛み砕いたような、硬い音が聞こえた。

次の瞬間。

激痛が走った。

「貴様に……ッ!!」

背中に容赦のない蹴りが入る。

「貴様なぞに何が分かる……ッ!!」

蹴られるたびに、僕の額は床にぶつかる。

「貴様なぞにッ、余と、ジークのッ、何が分かるというのだ……ッ!!」

その怒りは、今までと違った。処刑や惨劇の前に見せる酷薄さでも、この世のすべてを呪う憤怒でもなく、

「ジークは、余のものだッ……!!」

それは彼女が初めて見せた、個人的な内面の吐露だった。ジークフリーデに対する執着、他の者には決して見せない特別な個人的感情。

だけど。

今さら。

そんなことは、

「知らないよ……ッ!!」僕は這いつくばったまま叫び返す。「あんたがね、ジークのことをどう思ってるかなんて!!」

「なんだと……!!」

「あんたみたいな！　ただのわがままで！　残酷で！　最低の殺人鬼なんかの気持ち！　分かるわけないし、分かりたくもない……ッ!!」

もはやただの悪口。罵詈雑言。

でも誰かが言わなくちゃいけない。

「ジークはね!!　あんたのこと、本当に愛してるんだ!!　馬鹿みたいだけど、愚かだけど、僕にはなんでかさっぱり分からないけど！　それでも、あんたのことだけを——あんたなんかのことだけを……ッ!!」

きっと、それはジークフリーデのことを慮るようで、ただの僕のわがままだった。ロザリンデが選ばれて、自分はそうではない、その、どうにも納得がいかない、やり場のない怒り。

だからこそ止まらなかった。

「何度でも言ってやる！　あんたは、ジークにふさわしくない……！！！」

「き、さ、まぁ……っ」彼女の足の裏から震えが伝わる。凄まじい怒りの奔流、その予兆。これまでの人生で、ここまで面罵されたことなど絶対にないだろう。しかも僕みたいな下々の民に。

「知った口を利くなァッ……!!」

その絶叫は、どこか悲鳴にも似ていた。

「貴様に、余の、余の気持ちが……、余が、あの日、あのときに、ジークを、ジ、ジークのことを――」

何かを言いかけて、ロザリンデは言葉を止めた。

僕の背中から、彼女の足が離れたかと思うと、

うっ……。

髪の毛が掴まれ、僕は乱暴に顔を持ち上げられる。

「もういい、貴様のよく回るその口ごと、余の傀儡にしてやる……!!」

ロザリンデの『指輪』が、僕の眼の前に掲げられる。その赤い宝石の中には魔術紋が浮かんでおり、それは強い光を放ち始める。

（洗脳魔術……!!）

至近距離で輝く指輪に、僕は目を焼かれながら、とっさに師匠の顔が浮かんで――いやだ、こんな、魔術を悪用して、人の心を弄ぶ暴君に――

師匠の名に懸けて、魔術師の僕が魔術に屈するわけにはいかないんだ！

そう思って、奥歯を噛んだとき。

——オットーさん、今です……ッ！！！

声が聞こえた。それは脳内に直接響く声。

念話(ルパス)。

誰かが——いや僕はこの声を知っている——心に響くその言葉は、はっきりと、僕が今すべきことを指示した。

急だった。細かい理屈も分からなかった。だけどそれが僕にとって一筋の光明に思えた。

だから叫んだ。

「大魔術典(ラ・メルテイア)……‼」

次の瞬間。

僕の頭上に、一冊の本が現れた。突然の出来事に、一瞬だけ女王の注意がそちらに向く。

すると、宙に浮いた本はひとりでに開いて、とあるページが出現する。

それは白紙のページ——最後の魔術が収まるべき空白。

本が輝く。

眩いばかりの光が溢れ出し、まるで谷間の風穴のごとく強力な吸引力を発揮する。

「ぐ、ぅあぁっ……!?」

女王が叫ぶ。その『指輪』からも光が溢れ出し、先ほど宙に浮かんだ『魔術紋』が、沼に引きずり込まれる泥水のように、黒い流水となって白紙のページに吸い込まれていく。すべてを吸引し終わると、白紙だったページには魔術紋の形がくっきり浮かび上がり、女王の『指輪』は赤い宝石に亀裂が走って粉々に砕け散った。

(あ、あぁ……)

そこで僕は目を見開く。

大魔術典が浮かんでいる、その空中に。

目の前に。


一人の女性が映っていた。


水色の髪を腰まで垂らし、白い肌、細い肩、背は高くて、切れ長の瞳、物憂げな眉、忘れたくても忘れられない、その美しくも儚い姿。

「師匠……」

僕の師匠にして希代の大魔術師。

それは薄い、向こう側が透けて見えるような、ひとときの幻だった。

キュリオス・ル・ムーンは、哀しげに眉尻を下げ、何か謝りたいことがあるように、瞳の端に小さな涙を浮かべ、かすかに微笑むと、ふっと煙のように消え、大魔術典の中に吸い込まれていった。

「おの、れ……キュリオス……」

悔しげな声を漏らし、女王ロザリンデは指輪を嵌めていた手を押さえたまま、その場に崩れ落ちる。

役目を終えたかのように、僕の手元には一冊の分厚い革張りの本が宙から落ちてくる。

(な、何が……起きたの？　それに――)

どうして師匠が？

呆然と、僕は自分の手元にある一冊の本を見つめる。

今しがた光ったのは、最後のページ――以前『蘇生』の魔術が浮かび上がった箇所。以前はその蘇生魔術によって僕は瀕死のジークフリーデを助けることができたが、だけどさっきは、また同じ白紙のページが僕を助けてくれた――いや、蘇生魔術のときも、実は師匠が助けてくれた？　――それとも蘇生魔術によって師匠の魂が一瞬だけ蘇った？　――何もかも分からない。ただ一つ確かなことは、僕は師匠のおかげで、今こうして助かったのだということだ。

「大丈夫か……!?」

ジークフリーデが駆け寄ってくる。呪縛が解けたのか、僕の肩を掴んで、「おい、オットー！　聞こえるか⁉」と揺さぶる。それでやっと、

我に帰る。

「あ、……うん、大丈夫」

大魔術典が現れてから、ほんの一瞬の、気づいたら終わっていた出来事。だがそれは、どこか懐かしくて、それでいて哀しい、亡き師との邂逅だった。

「何が起きた？」

「………」

僕は首を振る。大魔術典が現れて、最後のページが開いて、白紙の中にロザリンデの『魔術紋』が吸い込まれて、

「声がした」

「なに？」

「大魔術典が出る前に、何か、頭の中で、聞き覚えのある声……あ」

心当たりに気づく。

「あれは確か――」

そのとき、室内が光った。

それは眼を焼くような光。

（……!?　魔法陣!?）

床には、突如として大きめの魔法陣が現れる。その円形の輝きの中から、ゆっくりと一人の人物が現れた。

（瞬転移(ワール)……!?　なんて高度な魔術を――）

そして、姿を見せたのはさらに驚くべき人物だった。

それは全身を包帯で巻いた、車椅子の少女。

「ラ……」

愕然(がくぜん)とその名をつぶやく。

「ララ……?」

彼女は小さくうなずき、初めて聞く肉声で、僕の名を呼んだ。

「ありがとう、オットーさん」

2

意外な客人だった。

だが、彼女はすべてを予想していたように、落ち着いた振る舞いで、車椅子を動かし、こちらに向き直る。

「ラーラ、どうして君……っていうか、なんでしゃべれるの？」

混乱して質問が追い付かない。ちょっと前に『念話（ルパス）』で話したことも驚きだったが、いま聞こえるのは明瞭な『肉声』だ。隣のジークフリーデも、愕然（がくぜん）とした様子で車椅子の少女を見つめている。

「あなたのおかげで、ようやく『これ』が外せましたから」

ラーラの首には、前にあった『首輪』が消えていた。彼女はそれを指先にぶら下げ、くるりと回す。見れば、埋め込まれていた赤い宝石が砕け散ったように粉々になり、ほとんど原型をとどめていない。

「この『首輪』は、そこにいるロザリンデによって掛けられた洗脳魔術でした。そして、この首輪を制御する女王の『指輪』が砕け散ったことで、私の呪縛――記憶と言葉を縛る洗脳魔術が解けたのです。ほら、こうして」

彼女はゆっくりと包帯を剝がし始める。皮膚をびっしり覆っていた、あの奇怪な魔術紋の数々は消えていて、包帯を剝がすたびに白い肌が露（あらわ）になっていく。

矢継ぎ早に説明されて、僕は理解が追い付かない。ラーラがしゃべれなかったのは、あの『首輪』のせいで、それはロザリンデによる洗脳魔術の一種。そしてその洗脳魔術は女王の『指輪』が魔力の根源になっており、『指輪』と『首輪』の間で――おそらくはあの魔術紋が刻まれた赤い宝石を媒介にして――繋がっていた。今回、あの『指輪』が砕け散ったせいで、その繋がりが断ち切られ、洗脳魔術が無効化された――あえて魔術的な解釈をつければそんな感じだろうか。

ロザリンデはまだその場にうずくまっている。失神したのか、あるいは立てないほどの痛みなのか。

そんな女王に視線を送りながら、ラーラは落ち着き払った様子で話し出す。

「まず、オットーさんには我が国の政情に巻き込んでしまったことをお詫びせねばなりません」

僕より年下とは思えぬ大人びた口調で言うと、少女は顔の包帯をほどき終わった。

「え……っ!?」

車椅子の上に座っていた少女は、見事な金髪を肩に流し、整った美しい顔でこちらを見つめる。

「ロ――」

信じられない。

「ロザリンデ……陛下？」

そこにいたのは、この国の絶対君主にして唯一の権力者。

ロザリンデ・リーベルヴァイン。

「ど、どういうことだオットー」

ジークフリーデが尋ねる。目の見えぬ彼女には、まだ状況が掴めない。だけど僕も説明に窮する。

「先ほどから、陛下……そっくりの声がして……ラーラ、なのか？」

「こうやって話すのは本当に久しぶりね、ジーク」

ロザリンデそっくりの少女が微笑む。その微笑みは、見る者を安心させると同時に、今はどこか哀しげな空気があった。

「陛下……本当に、陛下、なのですか？」

「そうよ」

「で、ですが……」

ジークフリーデは、床に倒れたもう一人の少女——ついさっきまで暴虐の限りを尽くしていた女王のほうに顔を向ける。絨毯に崩れ落ちているが、その横顔は間違いなくロザリンデその人だ。

女王が二人。

「驚くのも無理はありません。私たちは二人でひとつ。ですがその生い立ちゆえに、こうして運命を分かつことになってしまいました」

ララは——いやロザリンデなのか——車椅子の少女は、倒れている暴君を見ながら、静かに告げた。

「彼女は『影』です」

・3

「影……」

放たれた言葉は耳朶に届き、それから僕とジークフリーデは顔を見合わせる。

「いったいどういうことですか」僕が尋ねると、ララは丁寧に応じる。

「言い方が分かりにくかったら申し訳ございません。もっと人口に膾炙した呼び方をすれば、『影武者』という呼称が妥当になるかと思います」

影武者。

それは重要人物を暗殺や襲撃から守るために、そっくりな『身代わり』を立てる行為。

ここにいるロザリンデは『影武者』。

そして、ラーラ・リートこそが『本物の女王』。

話を整理するとそうなるが、はいそうですかと信じられるはずもない。双子だと言われたほうがまだ納得できる。

「かつて、魔術師たちが世界中に戦災をもたらした時代があったことは、オットーさんもご存知だと思います」

車椅子の『王』は静かに語る。

「魔術全盛の時代では、世界中の国はこぞって優れた魔術師をかき集め、権力の源泉としました。魔術師こそ武力であり、国力であり、国権の要。それは戦場でも猛威を振るい、多くの兵士が攻撃魔術によって命を落とし、屍（しかばね）の山を築きました」

かつての魔術戦争は、魔術師たちの華々しい戦果と引き換えに、多くの戦災をもたらした。

それは魔術の歴史における光と影。

「そうした戦災は、王族や貴族も例外ではありませんでした。敵対する国同士では、互いの魔術師が国王や重臣に対し、呪殺と呼ばれる暗殺魔術を実行しました。呪いの人形を用いた古典的呪殺はもちろん、数多くの呪殺魔術で時の権力者たちは殺し合い、それはこのリーベルヴァ

イン も同じでした」

車椅子の少女は哀しげに目を伏せる。

「今から十年と少し前、この国の『王妃』が暗殺されました。いえ、王妃などという言い方は他人行儀ですね……。私の『母』が、『呪殺』されました」

「王妃が、呪殺……」

それは歴史の闇に葬られた王国の真実。

「当時はすでに反魔素材鉱石の発見によって、魔術師は没落し、呪殺も下火になっておりました。ですが、それが王宮警護の油断を生んだのでしょう。母は呪殺により、私が幼いころに息を引き取った。王国の体面を慮り、対外的には病死とされましたが」

「そんなことが……」

「母の死は、今思えばすべての始まりでした。父——すなわち先代のリーベルヴァイン王は、母の死に大変なショックを受け、呪殺や暗殺を病的なまでに恐れるようになりました。元々、この国は先々代までは大陸の片隅にある小国で、今の国土は父の代で各地の独立諸侯を平定して領土となったものです。当然ながら、国内の政情は不安定で、当時は反乱の兆しがあちこちに見られたと聞きます。そうした事情も手伝って、父は一人娘の私の身辺警護には過剰なまでに神経をとがらせ……ついには一線を越えるようになりました。それは、屈強な兵士や魔術師たちの警護だけでは飽き足らず、私の『身代わり』を立てること」

「え、それってつまり……」

床に伏した、もう一人のロザリンデを見つめる。まだ気を失っているのか、ぴくりとも動かない。

「そうです。そうやって生まれたのが、『この子』です」

少女はロザリンデに視線をやる。

「彼女は私の『影』――『影武者』として仕立てられました。私の代わりに、王宮の政をこなし、呪殺に対して身代わりとなる存在。それが、『この子』に押し付けられた役割でした」

「ちょ、ちょっと待って……下さい」

話が飛躍しすぎて、とてもついていけない。

「影武者と言っても……こんなに瓜二つなんて」

僕は目の前の『ラーラ』の顔を見つめる。女王『ロザリンデ』と瓜二つ――いや、今の話からすれば、ラーラこそが『女王』で、そこで失神している少女が『影武者』となるが、いずれにせよここまで似た人物がそうそう都合よく用意できるものなのか？

「似すぎていますよね、私とこの子。まるで双子みたいに」

そう、さっきも思ったが『双子』という以外にない、その顔だち。

「私たち二人が似ているのは、ある意味では当然なのです。なぜなら彼女は『私』から作られたのですから」

「…………」いったい彼女は何を言っているのか。

「オットーさんもご存知のとおり」僕の目を見てラーラは続ける。「いわゆる呪殺で使う『依り代』は、本人の血や肉、髪、爪など人体の一部を藁人形などに埋め込み、本人の身代わりにしますよね？　この子の場合、そのやり方をさらに進め、『生きた人形』として作り出されました。私の血肉を使って」

「ありえない」

最初に出たのは否定の言葉。

「だって、どう見ても……人間でしょう」

床に横たわるロザリンデ――すなわち『影武者』は、どう見ても人間、生身の十代の少女。

僕の知っている『依り代』とはあまりにもほど遠い。呪殺に使う人形といえば、普通は藁人形や泥人形だ。

「信じられないのも無理はありません。これは魔術の中でも、禁忌中の禁忌。ですが、あなたもすでに出会っているはずです。『人形』と」

「僕が？」

「あの日、教会からの帰り」ラーラはまるで見てきたように言う。「あなたを襲った四人の刺客」

「なぜそれを……」

「それは、あの人形たちが私の髪や爪から生まれた存在だからです」

（あ……！）

思い出す。教会からの帰り道、僕たちを襲った四人の刺客。倒したあとは砂のように崩れ、現場には金色の髪の毛が残っていた。

「もしかして、これ……」僕はポケットに入れっぱなしだった金色の髪の毛を取り出す。

「私の髪です。それを『依り代』に、『この子』が簡単な魔術人形を指輪の力で生成したのでしょう。おそらくは、この子自身を作る際に『失敗』した人形たちの再利用……命への冒瀆」

あのとき襲ってきた四人の刺客は、暴君のほうのロザリンデによって作られた『人形』。それも、ラーラの髪を『依り代』にしたもので……。だからあのとき、四人も刺客がいたのに魔術反応が一つだけだった？　一瞬だけ納得しかけるが、それでも腑に落ちない点が残る。だって、なぜなら、

「それはありえない、と思います」

僕は胸中の反論をそのまま述べる。

「魔力でそこまで精巧な人間を作るのは、魔術の長い歴史でも誰も成し得なかったことです。世界一の魔術師と謳われた僕の『師匠』だって、その領域には到達できなかったんですよ？」

「信じられないのも無理はありません」

ラーラは整然と続ける。

「これは、術者である本人も、後世には残さなかった禁忌。大魔術典(ラ・メルディア)にも書かなかった秘術」

「え……？」

今、なんて？

「あの、今、『大魔術典』って……」

「オットーさんには、知る権利があるでしょう。影武者――この子を作ったのはあなたもよく知る人物。当時の宮廷魔術師で、先代王の魔術顧問」

ぐらりと、世界が揺れたような感覚。

その先の言葉は、僕の胸に突き刺さった。

「キュリオス・ル・ムーン。あなたの師が、この子を作った術者です」

4

時が止まったような、あるいは自分の胸の真ん中を撃ち抜かれたような衝撃。

ラーラの姿が揺れる。いや、これは僕が動揺しているせいか。

「うそ、師匠が、なぜ……」

王妃が『呪殺』されたこと。

愛する妻を失った先代王が、愛娘を守るために『影武者』を仕立てたこと。

それは魔術によって『生きた人形』として作られたこと――

ここまでラーラによって明かされた事実は、すべて信じがたく、荒唐無稽だ。しかも、その『人形』を作ったのが、我が最愛の師匠だったなんて。

（ありえない）今日はその言葉を何度繰り返しただろう。

ラーラは僕のショックを見て取ったのか、わずかに間を置いて、

「ここからは、私の推測になります」

車椅子の少女は、一度目を閉じ、続ける。

「あくまで噂ですが」慎重な物言いで、彼女は新たな事実を開陳する。「キュリオスと、王妃メアリーデ――すなわち私の母は、深い仲だったと聞きます」

「え？　え？」

師匠と、王妃が、深い仲。それはあまりにも想定外の新事実。

「私も詳しくは知りません。とにかく、若い二人は出会い、お互いに惹かれ合った。しかし、当時クラインメーアの王女だった母に、国王との縁談が持ち上がったとき、キュリオスは自ら身を引いた――そういう噂を、私は乳母や使用人から聞いたことがあります。二人は『メア』『キュリー』と呼び合う仲だったとか……。それは宮中の興味本位な噂話かもしれませんが、今こうしてみるとすべてが繋がる気がするのです」

驚きの連続で、僕はなかば自失して話を聞く。ジークフリーデがずっと黙っているのは、僕と同じで驚愕ゆえだろうか。唇がわずかに開いているのは、彼女らしくない愕然とした顔。その足元にはロザリンデ――影武者がうずくまり、かすかに震えるだけで動こうとしない。いや、動くことができないのか。

「あなたの師匠であるキュリオスは」

この場でただ一人、ラーラだけが落ち着いた声で語り続ける。

「王妃メアリーデを愛していた。だが、王妃が呪殺され、彼女はひどく失意に沈んだ。宮廷魔術師として、最も近い場所にいながら、魔術による暗殺を防ぐことができなかった。その自責の念が、彼女を禁忌へと走らせた。国王が娘の『影武者』を作ってほしいと頼んできたとき、キュリオスはきっとこう考えた。――愛する『王妃』を失ったが、『その娘』は守ってみせる。そして『死者蘇生』の魔術さえ完成させれば――」

ラーラは唇を噛む。

「王妃を蘇生できるかも」

「…………」

それは神の領域。

命を弄ぶ絶対の禁忌。

（あ……）

蘇生魔術。その言葉で僕は思い当たる。大魔術典の最後のページに隠されていた『蘇生』は、もしかして師匠が王妃を助けるために発明した魔術だった？

「それで……王妃は？」

僕は話の続きを促す。知りたくないような気持ちと、知らなければならない気持ちがせめぎ合う。師匠には、こんなことに関わっていてほしくなかった。

「結論を言えば、王妃の蘇生は叶いませんでした」

王妃――それはラーラにとって母親のことだ。その顔は何かを思い出したように眉間に皺が寄る。

「ですが、死者蘇生の研究は、思わぬ副産物を――いえ、国王の依頼どおりという意味では、キュリオスにとっては計画のうちだったのかもしれませんが、とにかくもう一つの『成果』を生み出しました」

悪い予感がする。

「それが『影武者』。私の血や髪など、人体の一部を使って『依り代』を作り、そこにキュリオス自身の膨大な魔力を注ぎ込む。そうやって、私とそっくりの顔をした『生きた人形』は生み出されました」

「だったら――」

何もかも信じがたいが、最大の疑問はこれだ。

「あなたたち二人は、あまりにも違い過ぎる」

僕は、床に伏せる『ロザリンデ』と、目の前にいる『ラーラ』を見比べる。

これまでの話では、ここにいる『ロザリンデ』はラーラの影武者ということになる。そうなると、ラーラとこうまで性格が違う――ここまで残酷な暴君となったのは何故なのか。

「最初は、こうではなかったんです」

哀しげに少女は答える。

「ご存知の通り、キュリオスは希代の大魔術師でした。生きた人形を創り出すという神の領域にさえ手が届いた……。でも、神にはなれなかった」

ラーラは遠い目で思い出を語る。

「私と影武者も、十歳すぎくらいまでは、仲睦まじく、本当の双子の姉妹のように育ちました。私たちは本当に似ていて、心も体も鏡に映したようにそっくりでした」

そこから先の話は、この国の暗黒史そのものだった。

最初のうちは、二人は協力して公務をこなし、比較的安全な内政をラーラが、危険な外交の場には影武者が立ち合った。しかし、時を経るにつれ、影武者はだんだんと『変質』していった。急な発作や痙攣、そうしたものが不定期に襲い、身体の不調と軌を一にするように、優しくて穏やかな性格は、徐々に変わっていった。

冷酷に、そして無慈悲に。

「この子は手始めに、キュリオスを追放しました。殺さなかったのは、生みの親への情か、あるいはもしものときに彼女しか自分を治せないと踏んだからか……いずれにせよ、キュリオスは魔術により、二度とリーベルヴァインには入れなくなった。精神系の魔術の一種だと思いますが、今となっては分かりません」

――わしは、とある、事情で……国に、帰れぬ身分だった……。

亡き師匠の姿がありありと蘇る。あのときの言葉は、そういう意味だったのか。

――わしは過ちを犯した。取り返しのつかない、多くの過ちを。

そうだ、師匠は、こんなことも。

――もし、おまえが……大魔術典を、最後の一ページまで埋められるほどに、成長したならば、そのときはおまえの手で、これを――。

(師匠……)

師匠のことなら何でも知っている。そう思っていたのに、明かされた過去はあまりに想像の埒外で、気持ちを整理できない。

「どうして、師匠は……」

僕に黙っていたの？

その質問に、

「いいえ、逆です」

少女は僕のことを慮ったのか、少し間を置いて、気遣うように言った。

「キュリオスはあなたに話したんです。自分の話せることを、精一杯。あなたに出会ったころのキュリオスは、すでに口封じ——私と同じように真実をしゃべることができなかったはずです。それでもなお、彼女はあなたに『希望』を託した……」

「希望……」

「大魔術典です」

ラーラはわずかに目を閉じ、うつむき加減で続ける。

「キュリオスが、あなたに大魔術典を託したのは、きっと己の過ちを、弟子のあなたに正してほしかったから。そして自らの魂を大魔術典に封印したのは——」

そして彼女は、僕を見つめ、切ない顔で告げた。

「オットーさん。一番大切なあなたを、身を呈して守りたかったからだと思います」

そこから先の話は、どこか、僕の耳に遠く聞こえた。

先代王を暗殺し、王権を掌握した影武者『ロザリンデ』は、王宮内のすべての不穏分子を狩り始める。まずは例の『首輪』によって、最も邪魔なラーラの口封じを図る。それからファーレンベルガーの片腕を落として王宮から遠ざけ、残ったジークフリーデの両眼を斬った。時を前後して、先代に仕えた重臣たちも排除していった。逆らう臣民は誰もが同じ運命となった。

「キュリオスを除いたあと、この子にとって最も邪魔な存在は、ロザリンデ本人である『私』となりました。私は『首輪』を嵌められたあとも、彼女を止めるために反抗を続けましたから。それでも私を簡単に殺せなかったのは、彼女に残る最後の理性だったと信じております。……そして私は城外に追放され、紆余曲折あり、あの教会にたどり着きました。ラーラ・リート――これは元々、私を教会まで命がけで送り届けてくれた乳母の名前です。彼女が私に着せてくれた上着に、その名前が刺繍してあったので、シスター・グラニアが私の名前だと思ったのでしょう……」

故人を思い出したのか、彼女は少し視線を上に向ける。

「そして城内には、影武者についての真相を知る者がいなくなりました。ただ一人、ファーレンベルガーだけは何かに感づいていたようですが、彼は最後までこの国への忠誠を曲げることはできなかった」

（あ……）

僕は思い出す。それは先の戦いで聞いたファーレンベルガーの言葉。

――それがたとえ偽りの王であっても。

彼は、もしかするとすべてを知りながら、それでもこの国のために戦ったのか。

――国が倒れれば、民もまた潰れる。

その信念を貫くために。

そこまで話すと、彼女は小さく息を吐いた。

「以上が、『鮮血の謝肉祭(カルネム・レヴァーレ)』の真相です」


風が吹いた。


窓の外はやけに静かで、それはこの国の終わりを誰かがそっと看取(みと)っているような静寂だった。

「――殿下」

これまで沈黙を守ってきた騎士が、震える声で口を開いた。

「本当に、殿下、なのですね……」

「その呼び名も、久しぶりですね。ジーク」

ラーラは――いや、真の女王ロザリンデは、静かに、だがどこか哀(かな)しげに微笑(ほほえ)む。本来なら国王ゆえに『陛下』が正式な敬称だが、ジークフリーデが自然と『殿下』と王女時代の敬称を用いたのが印象的だった。振り返ってみれば、この二人が真の意味で再会したのは、ロザリンデが王女時代以来となる。

「ロ、ロザリンデ、殿下……」

震える声で、彼女は、永遠の忠誠を誓った主君に、一歩、また一歩と近づく。

だが次の瞬間。

影が、横切った。

「キャア……ッ！」

短い叫び声がしたとき、少女は我々の前から連れ去られた。車椅子が倒れ、派手な音を立てる。

「──このときを待っていたぞ」

（な……）

少女を連れ去ったのは、今まで動けなかったはずのもう一人の少女だった。彼女とそっくりの顔をした、この国の女王──

その影武者。

（しまった……！）

迂闊だった。彼女の洗脳魔術が『大魔術典』に吸い込まれ、すべてが終わった気がしていた。

しかし、その指輪にはひと欠片の宝石が残っており、ほんのわずかだが確かに光っている。

「殿下……！」ジークフリーデが叫ぶと、

「これはもらっていく」

影武者は、自分とそっくりの顔をした少女を抱きかかえ、その場から姿を消した。

5

「どっち!?」「あの階段だ……!」

大聖堂の階段を、僕たちは必死に駆け上がる。

ジークフリーデは階段を一足飛びで登り切ると、通用口のような扉を開け放つ。飛び込むように入る彼女を追って、すぐに僕も続く。

(ここって……!)

そこは大聖堂の屋上だった。『慈悲深き聖女(バルムヘルツィヒ)』と呼ばれる巨大な鐘が安置された、忌(い)まわしくも印象深い地。今は兵士たちの姿は見えない。

「殿下……ッ!!」

ジークフリーデが叫ぶ。

その先には、二人の少女がいた。

一人はこの国の真の女王。ラーラ・リートと名乗っていたロザリンデ。

もう一人はその影武者。キュリオスによって生成された魔術人形。

「ち、近寄るな……ジーク……」

　その様子は、明らかに異常だった。体全体から、黒い煙のようなものが立ち昇り、苦しげに表情を歪（ゆが）める。魔術師の僕にはすぐに分かる。彼女は魔術で生成された『人形』。今、すべての魔術が解けようとしているのだ。おそらくあの『指輪』が砕けたことで、魔力の供給源が途絶えたのか。

　だからこそ、それは危機的状況だった。

「この娘を……突き、落とすぞ……」

　にわかに、地上付近がざわつく。眼下には、まだぎっしり詰めかけた群衆と、幾千の兵士たちがいた。「見ろ！」「陛下だ！」「クリューガーもいるぞ！」と口々に叫ぶのが聞こえる。いったい彼らにはこの光景がどう見えているのか。「陛下が……二人⁉」「どういうことだ⁉」と混乱した様子が伝わってくる。

「殿下を放せ、人形」

　ジークフリーデは剣を突き付ける。

「ふん……人形、か……」

　影武者は不敵に笑う。

「おまえはもうおしまいだ」

「まだ終わってはおらんよ」

それはまるで、国民の前で繰り広げられる寸劇だった。誰もが事情が分からず、それでも目が離せずにこの劇の結末を――この国の行く末を見守る。

そして、結末は意外な方向に向かう。

「ただ今より、『鮮血の謝肉祭（カルネム・レヴァーレ）』を執り行う……ッ‼」

（え……⁉）

耳を疑う。

鮮血の謝肉祭。確かに彼女はそう言った。

すべての魔力を失い、当人も消滅まで時間の問題。この期に及んで何をしようというのか。

「無知蒙昧（むちもうまい）な愚民どもよ……！」

女王――その『影』だった者の演説が響き渡る。眼下では群衆も兵士も固唾を吞んで聞いている。『鐘』の効果なのか、その声はあたり一帯に響き渡った。

そして彼女は、さらに意外な言葉を放つ。

「余（よ）は影武者ぞ……！」

それは驚きの台詞だった。

自分が本物だと主張するならいざ知らず、まさか自ら正体を暴露するとは。

理解不能なまま、その劇は続く。

「かつて貴様らが名君と愛し、慕った『本物』は、ここにいる！」

彼女は、腕に抱えた真の女王を見せつけるように掲げる。群衆がどよめく。兵士たちも役割を忘れて唖然として空を見上げる。いま、何が起きているのか、説明できる者は誰一人いないだろう。

叫んでいる当人を除いては。

「いいざまだなァ！　今までおまえたちが恐怖し、こびへつらっていたのは、ただの『ニセモノ』だったというわけだ！　この国を汚し、腐らせ、滅ぼしたのは余だ！　このロザリンデの影武者が、おまえらの国を乗っ取っていたのだ！　ハアハハハハハハッハハハッ!!　ざまァない、ざまァないなァ……!!」

群衆も、兵士も、誰もが顔を見合わせ、空を見上げる。「陛下が……ニセモノ？」「影武者？」「馬鹿な……」という声。

「今から本物のロザリンデを処刑する……ッ!!」

ぐいっと、ラーラが掲げられる。影が手を離せば真っ逆さまに落ちる立ち位置。

（オットー！）（分かってる！）一瞬で視線をかわし、作戦を確認する。僕たちに言葉はいらない。お互いの役割も分かっている。

「愚かな民には、愚かな王がお似合いだったというわけだ……！　さあ、謝肉祭(カルネム)の最後の供物(くもつ)を捧(ささ)げようぞ——!!」

そして影武者は、その手を放した。


「受け取れ愚民ども……!!」


次の瞬間だ。

「終わりだ」相手が振り返る間もなく、ジークフリーデが影武者の襟首を掴(つか)む。そのまますさまじい体術で体を回転させ、床に引き倒す。

「上動(ウプシス)!!」僕は念動魔術を発動し、ラーラの落下を食い止める。最上階から投げ出された体は、二階分くらいの距離を落ちたところで食い止められる。危なかった。あと少し落ちたら僕の魔力では間に合わなかったかもしれない。

ゆっくりと、ラーラの体が持ち上がっていく。人々からどよめきが起き、それから拍手が広がる。悟ったのだろう。いま、この国の真の女王が助かったことを。

ラーラの体が僕たちのいる屋上まで浮かび、床に横たえられる。

「大丈夫……⁉」

「は、はい……私は、大丈夫です」ラーラから返事がある。意識もはっきりしているようだし、これといった怪我(けが)もなさそうでほっとする。

「あの子は……？」

ラーラが気遣うように影武者を視線で探す。

すると、

「ハハハ……ハーハハハッハハッ！」

高笑いが聞こえた。

それは影武者の笑い声。今はジークフリーデにがっちりと取り押さえられている。

「気でも触れたか」

「ふふふ……察しの悪いところは変わらぬなァ、ジーク」

「殿下の真似(まね)をするのはやめろ。腹立たしい」ジークフリーデはぐいっと影武者を押さえつける。

そのときだ。

「待って……‼」

叫んだのはラーラ。

「違うの、その、その子は！」

「違う……？」ジークフリーデが意外な顔をする。「何が違うというのですか、殿下」

「放してあげて」

「え？」

「お願い、その子を放してあげて、ジーク」

ラーラは懇願する。予想外の命令に、ジークフリーデは「しかし」と躊躇する。

「大丈夫だよ」僕が助言する。「もう何もできないよ。ほら……」

影武者の体は、足がすでに崩壊していた。例の指輪は宝石が完全に砕け散り、もう光は消えかかっている。

ジークフリーデは「では……」と拘束を解くと、しぶしぶといった様子でその場に影武者を横たえた。

「ありがとう……」

ラーラはお礼を言い、影武者のもとに歩み寄る。

「あのね、これには訳があるの。この子、実は――」

「言わんでいい」

このとき、ラーラの言葉を影武者が制した。

しかしラーラは首を振る。

「んーん。駄目よ。でないと、きっとみんな後悔する」

（どういうことなの……？）

ラーラの意図が分からず。僕もジークフリーデも彼女を見つめる。影武者は複雑そうに自分とそっくりの顔を見上げている。

そしてラーラは告げた。

「この子は悪くないの。……むしろ逆。ずっと、私たちを守ってきた」

「……⁉」

ジークフリーデが驚き、それから影武者のほうを見る。影武者は黙ったまま、視線をそらす。その顔は苦しげで、すでに怒りの形相は消えていた。

「皆さんがすでにご存知のとおり、この子は私の影武者として、キュリオスによって生み出されました。私たちは双子のように育てられ、仲睦（なかむつ）まじく過ごした」

「やめろ、ローザ」

「だめよ、リンデ」

それは初めて聞く呼び名だった。ローザとリンデ。

「影武者――ううん、こんな無粋な呼び方はもうやめましょう。『リンデ』は、ずっと、自らの崩壊していく理性と、そして暴走する感情と闘いながら、一人で抗ってきたんです。リンデが、あなたを斬ったのは――」

それは三年越しの真実。

「ジーク、あ、あ、あ、あ、あなたを助けるためだった」

「……え？」

「リンデがあなたの『両眼』を切り裂いたのは、あなたを『洗脳』から救うためだったの。眼を斬れば、魔術紋はそれ以上深く――脳には達しないから」

「そんな……馬鹿、な」

ジークフリーデは愕然とする。

「その証拠に、あなたの付けている『眼帯』も、この子があなたのために贈ったものなんです。元はキュリオスが作った魔術品ですが……リンデは、あなたの眼球からの魔力流出を防ぐために――あなたが長く生きていけるように、その『眼帯』をあなたに託したんです。おそらくはジェフスキーの家か、あるいはシスター・グラニアの教会に、匿名で送ったのでしょう。それと分からぬように」

「これ、が……」

ジークフリーデは眼帯を触る。その手は震えている。

ラーラは泣いていた。

「この子は、ずっと戦っていたの。魔術人形として作られ、日に日に理性を失っていく中で、それでも自らの暴走を止めるため、最後の最後、あなたに一縷(いちる)の希望を託した。だからあなたの眼(め)を斬った。洗脳を免(まぬが)れたあなたが、いつかこの国を救い――自分を殺してくれる日を願って」

「そんな……」

ジークフリーデは愕然(がくぜん)と、影武者――『リンデ』のほうを見つめる。影武者は目を合わせようとせず、だがもうラーラの話を制止しようとはしなかった。

「でも、どうして……」

どうして私を助けたのか。

騎士が口にした質問は、ラーラに対して発したものではあったが、視線は影武者――リンデを見ていた。

「リンデ、話してごらん」ラーラが言うと、

「……うるさい」

「もういいでしょう、話しても」

「うるさい」

影武者は頑(かたく)なに拒む。

「お願い」ラーラは、影武者の前で跪(ひざまず)き、優しくその手を取る。だが影武者は口を開こうとしない。

「……もうっ」

ラーラは影武者の手を握りしめながら、

「強情なんだから……」

その声は呆(あき)れたような、それでいて実に親しみを感じさせる口調だった。まるで、姉が強情な妹を嗜(たしな)めるような。

黒くなった影武者の手を摩(さす)りながら、

「本当は――」

「やめろ」

影武者は口を挟むが、その声に力はない。

「ジーク――」

そして真実は告げられる。

「この子が、『あなたのロザリンデ』なのよ」

○

最初は、何を言われたのか分からなかった。

僕も衝撃だったが、それ以上に当人――ジークフリーデは凍り付いたように固まり、ただ影武者を見つめる。その動揺は、剣先の震えがはっきり伝えていた。

わずかな静寂が訪れた。糸が張り詰めたように、あたりに緊張と戸惑いが満ちて、その糸を最初に断ち切ったのは、やはりラーラだった。

「ジーク、よく聞いて。この子が――この『リンデ』こそが、あなたの『ロザリンデ』。山中であなたに声を掛けた、あなたが初めて出会った『王女』」

「…………」

ジークフリーデは固まっている。その光なき視線はただ影武者を見つめている。

「山中で倒れていたあなたに、声を掛けたのは、この子なの」

――とめて。

あのとき馬車を止めたのは。

――これ、たべる？

あのとき食べ物を恵んでくれたのは。

――わたくしは『ろざりんで』。でもね、みんな『でんか』ってよぶの。あなたは『ろざりんで』ってよんでね？　あだなの『りんで』でもいいよ？

ジークフリーデが、王女殿下と慕った、その相手は――

「嘘（うそ）、だ……」

騎士の唇がわななき、その顔は今にも泣きそうなくらい歪（ゆが）む。

「ふん……」

影武者はここでやっと、観念したように目を瞑（つぶ）る。

「無理に信じずともよい」

「またそういう口を利（き）く」

ラーラはまた、嗜（たしな）めるように唇をとがらす。

瞳に涙を浮かべて。

「先ほども話したとおり、私とリンデは、王宮で共に暮らし……交代で『王女』を務めました。あなたと花畑で遊んだ王女ロザリンデは、私のときもあれば、この子のときもあった。私たちは二人で一人だった」

「そ、それでは……」

「特にリンデは、あなたに花冠を作るのが好きだった」

――コンバラリア地方では、大切な人に花冠を贈る習慣があるのよ。

「あ、あぁ、あ……」

　こんなにうろたえた彼女を見るのは、僕も初めてだった。

「手を、握ってあげて」

　ラーラが、影武者の手を持ち上げる。

「は、はぃ……」

　ジークフリーデは崩れ落ちるように、その場に膝をつく。その胸に去来するのは、強い後悔なのか、かつての思い出か。

「…………」

　眼帯の騎士は、震える手を伸ばし、

「も……」

　手と手が、触れ合う。

「申し訳、ございません……」

　ジークフリーデが、懺悔（ざんげ）するように、自らの額に、『リンデ』の手をくっつける。

「私は、今まで、気づかずに……」

「よい」

　影武者は首を振る。

「申し訳……」

「よい、謝るな」

彼女は強い口調で、「よい」を繰り返す。それははっきりと、相手を気遣う言葉だった。ただ、そうして答える間にも、その体は手の先や顔の端から崩れ去っていく。

——ジーク、ジーク～、どこなの～？

蘇る思い出は、

——もう～、ジークったら、今日はいっしょに花のお手入れをするって約束したじゃない。

すべてが目の前の少女と重なり、

——なんたって私にはジークがついているんだから。

もう決して戻らない過去は、

——ジークは本当に真面目なんだから～。

時の彼方にありながら、

——ジーク大好き～。

今、二人の手の中にある。

「あなた……だったのですね」

ジークフリーデが、少女の手を握りしめる。その手も徐々に輪郭を失い、そこに流れる涙が、砂粒のような少女の体に染み込んでいく。

「殿下……」

それは、かつて彼女が慕った、仕えるべき王女の敬称。

「ふ……」殿下と呼ばれた少女は、静かに唇を震わせ、「まだ……余をその名で呼んでくれるか……」

嬉しそうに、微笑んだ。

「余は――いや、『りんで』は……」

そこで彼女の口調が、王者の威厳を湛えたものから、ずいぶんと幼い、あどけない少女のように柔らかくなった。その体の表面が少しずつ剝がれ、崩壊していく過程で、まるで彼女の外側にあった殻が剝がれ落ち、隠された無垢な魂が剝き出しになるようだった。

「ずっと、『ともだち』が、ほしくて……」

その瞳は、はるかな過去を――おそらく二人が出会った日のことを思い出していた。

「あの日、あのとき、馬車を止めて……ジーク、あなたに、勇気を出して、話しかけたの……」

「で、殿下、私は」

「言わないで」

ジークフリーデの握った手から、ハラハラと、散り行く花弁のごとく、その手が崩れ落ちていく。

「ジーク……」

その声は幼く、叱られた子供のように、

「ずっと……あなたに、謝り、たかった……」

「殿下……」ジークフリーデは悲痛な顔で彼女の手を握り締める。その手はもう輪郭を留めず、かつての愛しい人はもう体の半分も残されていない。

「だけど、私の、心は……闇に、包まれたように、どんどん、黒く、染まって……」

その瞳に涙が浮かび、その雫も砂となった顔の皮膚に染み込んでいく。

「全然、自分の、ことを……抑えることが、できなくて……」

ふと、僕は思った。これまで『リンデ』は、どんな思いで暮らしてきたのだろう。理性を失い、暴君と化してから、それでも彼女の中には、その暴走を見つめるもう一人の――本来の『リンデ』が残っていたのだろうか。その彼女は、自分の眼前で行われる数々の悲劇を、どんな気持ちで見ていたのだろう。

すべては分からない。その体とともに、真実は空気に溶けていく。

そんな消えゆく少女は、乾いた唇で「ローザ」と呼んだ。

「はい」

「今までありがとう」

「お礼を言うのは、私のほうよ……」ラーラの涙が、双子として育った少女の顔に落ちる。

「魔術師」

その口調はまた威厳に満ちたものに戻る。

「は、はいっ」まさか僕まで呼ばれるとは思わず、声が裏返る。

「迷惑を掛けた。おぬしの啖呵、なかなかだったぞ？」暴君そのままの口調に、僕はびくりとする。「い、いえ……」それくらいしか言うことができない。

「ジーク」

「はっ」

最後は、かつての君主と臣下のように、

「この国を頼む」

その言葉に、孤高の騎士は、力強くうなずいた。「御意」と。

そして最後が訪れた。

彼女は瞼を静かに閉じると、

「影は、影らしく――」

それは彼女の哀しく壮絶な人生を締めくくるように。

「消えるとしよう」

そして一人の哀しき魔術人形は、愛する人の手の中に消えるように、光の粒となり、見えなくなった。

何もかも、すべてが幻だったかのように。

ふいに、静寂が訪れた。『リンデ』が消えると、誰もが黙り込み、ただ跪いた騎士だけが肩を震わせていて、僕も、ラーラも、言葉をかけることができずにただ立ち尽くしていた。

そして。

「う……」

ジークフリーデは、

「うぅう……」

今まで何があっても、決して折れることも挫けることもなかった、強靭なる精神を持つ鋼の騎士は、

「ロザ、リンデ……ロザリンデ、さまぁ……!!」

声を上げて、

「ロザリンデさまッ、ロザリンデ、さまぁ……!! いやだ、いやだ、殿下、殿下ぁっ！！！」

最愛の主君――もうすでにその肉体は消え去り、空っぽになった衣服を宝物のように掻き抱きながら、

「うあああぁああぁあああああああ………ッ！！！！」

決壊したように泣きじゃくり、

「やだ、やだ、殿下ァ……！」

置き去りにされた迷子のように、

「殿下、殿下ァ、私を、置いて、いかないでぇ……ッ！！」

慟哭（どうこく）した。

その光なき両眼から、光の粒をこぼし続けながら、彼女はただ、泣き、わめき、愛する人の衣服にすがりついた。

（あぁ――）

覚悟と忠誠という名の分厚い鎧（よろい）を脱いだ、その中から現れたのは、柔らかくて傷つきやすい純粋無垢（じゅんすいむく）な魂で、己の両眼や両腕を失ったときにすら泣かなかった少女が、今は脆（もろ）く、儚（はかな）く、小さく見えた。

神の悪戯（いたずら）か、はたまた消えゆく影の最後の遺志か。

このとき、鐘が鳴った。

すべての終わりを告げるように、

慈悲深き聖女（バルムヘルツィヒ）は、鎮魂の鐘のように、この国に鳴り響いた。

【memories】 ――ジークフリーデ・クリューガー

(――!)

夜。

王宮親衛隊長ジークフリーデ・クリューガーは、物音で目を覚ました。王女の警護のために昼も夜も警戒の眼(め)を光らせる少女騎士は、どんな深夜であっても物音ひとつで目を覚まし、愛する人のために戦う覚悟と準備があった。

控室のドアの前には、一人の少女が立っていた。大きめの枕を抱きしめ、薄暗がりの中でも輝く豪華な金髪は見間違えるはずもない。

「殿下……?」

「じ、じ～く～」

泣きそうな声で、すぐに分かる。

「また、怖い夢を見たのですか?」

「……うん」

ロザリンデはこくりとうなずき、

「ジーク……」

上目遣いで、最も信頼する少女騎士を見つめる。

「いっしょに、ねて、いい……？」

（うぅ……）

ジークフリーデは内心で動揺する。

騎士たる者、主君と同衾するなど言語道断。

だが、その主君は彼女の服をはっしと摑み、涙の粒を浮かべた瞳で不安げにこちらを映す。

（騎士たる者──）

ジークフリーデは自制しなければと思いを強くした。


でも無駄だった。

「ジーク、あったかい～」

王女が抱き着いて、顔をこすりつける。

「で、殿下、そのような、はしたない……」

「ジーク、怖い夢、見たの」

「え？　あ、はい……」

ジークフリーデは、胸の谷間にこすり付けられる王女の鼻先が気になって、なんだか上の空の返事をする。

「ジークがね、どこか、とおく、とおくに行っちゃう夢」

「私はどこにも行きません。いつでも殿下のおそばにおります」

「ほんとう？」

「本当ですとも」

「じゃあ、ずっと、ず〜っと、『りんで』の、そばに、いてくれる？」

「お誓い申し上げます」

「ジーク、だいすき!!」

王女はベッドの中で、思いっきり大好きな騎士を抱きしめる。

少女騎士は戸惑い、だが、最愛の人の体を抱く。それは柔らかくて、いい匂いがして、小さくて、壊れそうで、何より、熱かった。

（ああ――）

騎士は願った。

今が、永遠に続けばよいのに、と。

終章　騎士と魔術師

そこから先は、リーベルヴァイン王国の長い歴史上でもたぐいまれな大転換期となった。

暴君ロザリンデことリーベルヴァイン王が、実はニセモノだったことが公式に王宮から発表されると、王国中に激震が走った。影武者によって国が乗っ取られたこと、その影武者を作ったのは宮廷魔術師キュリオスであること、一連の粛清は影武者の仕業であること——そうした事実が、町中の立て札と、役人による偉そうな発表によって伝えられた。

本来なら荒唐無稽な話が、多少の異論はありつつも国民に案外早く受け入れられたのは、やはり大聖堂での『寸劇』の影響が大きかった。当の暴君ロザリンデが、自らを『偽物』と名乗り、そして本人と瓜二つの女王を抱きかかえていたのだ。それは、目撃した多数の国民によって国中に伝わり、皆の知るところとなった。また、何よりその日を境に粛清や処刑といったものがぴたりと止まり、逆に国民には食べ物や生活物資の支援が王宮から始まったことも大きかった。すべてはラーラ・リート——新たに王位についたロザリンデによる政だった。人々はこの青天の霹靂を歓迎し、ある者は神の思し召しとして喜び、ある者は天の恵みとして泣いた。

ラーラ・リートこと『ローザ』。

暴君ロザリンデこと『リンデ』。

――『私』は悪い王様だ！　今までこの国で悪さをしていたのは、全部『私』だ！　『私』が年貢を重くして、おまえたちから搾り取って、贅沢な暮らしをしてきたのだ！　どうだ、貧乏人どもめ、悔しいか！　『私』が憎いか！

まるで童話のように。

悪い王様は、最後に役目を果たした。それはとても哀しい役回りで、だからこそ良い王様は救われた。恐怖と圧制によって、人心も国土も荒廃した国は、奇跡の再生を始めた。処刑された多くの罪なき民には鎮魂の碑が建てられ、二度と同じ過ちを繰り返さぬように女王の名とともに碑文が刻まれた。

それから、いくらかの時が流れて――。

○

検問を通ってしばらく歩くと、湖が見えた。

（ちょっと休むか……）

湖畔に腰を下ろし、手で水をすくう。ごくごく飲んでから、そういえばジークフリーデと初めて出会ったのも確かこの湖だったなと思い出す。そう考えると、船のある海岸まではまだかなり距離がある。

「あー、馬、買うんだったなあ……」

まだ歩き始めて間もないのに、すでに足にだるさを感じる。最近はいろいろなことに忙殺されていたので、体に見えない疲労が溜まっている気がする。

あの嵐のような出来事から、三ヶ月が経っていた。この間、僕はジークフリーデに協力し、乱れた国政の立て直しを手伝った。何しろ長く続いた恐怖政治で王宮から末端の官吏まですっかり国は乱れており、そうした立て直しは王位のすげ替え以上に困難を伴うものだった。さしあたり、先代王の忠臣で生き残っていた者を呼び戻し、新体制のもとでひとつひとつ国務をこなすことになった。僕は臨時で宮廷魔術最高顧問という仰々しい肩書を拝命し、影武者が残した爪痕の処理——洗脳されていた使用人の治癒や、後遺症のケアなどに追われた。ジークフリーデは、『新女王』ロザリンデのもとで騎士団と親衛隊の立て直しを図り、それにはジェフや市井に身を隠していた騎士団の元同僚たちも馳せ参じた。特にイザベラは、混乱した国内を治めるために、ジークフリーデの片腕となって良く働いた。国の文化的な拠点でもあった大聖堂は、シスター・グラニアが管理することになり、血塗られた『慈悲深き聖女』の鐘は、やはりというべきか、廃棄され、金属として融解された。また、これはその際に分かったことだが、あの鐘は特殊な魔術紋によって鐘の音を聞く者を対象にした洗脳魔術が仕掛けられていた。鐘を処分した際に、何か得体の知れない大量の黒い瘴気のようなものが立ち昇ったのは、用済みになった魔力なのか、あるいは不遇の死を遂げた無辜の民の断末魔だったのか。

（目の回る忙しさだったな……）

湖面に映る自分の顔を見つつ、少し顔を洗う。冷水が気持ちよい。

——一度、故郷に帰るよ。『師匠』の墓参りもしたいし。

いくらか国務が落ち着いたころだった。僕が出国を申し出ると、ラーラ——女王ロザリンデは快く許可してくれた。びっくりするような支度金を持たされたが、それは丁重に断り、とりあえずここ三ヶ月コキ使われた給料分として妥当だと思われる金額だけを受け取った。国の立て直しにはまだまだ時間がかかるのだから、外部の人間の僕だけが甘い汁を吸うわけにもいくまい。

出発の朝は、あっさりしていた。ジークフリーデは王宮の雑事で忙しく、最後は会えないままに終わった。ジェフとリリーピアだけが見送りに駆け付けてくれて、リリーピアがうるうると涙を浮かべるのを見ると少し心がぐらついた。必ず再会することを幼女と約束し、僕は旅立った。

師匠の墓参りに行く、というのは、半分は本当で、半分は口実だった。懐かしい師匠の家をもう一度訪ねたかったのは事実だし、師匠の墓前に今回のことを報告したい。

それは確かに、本当だったけれど。

（見送りくらい、してくれても良かったのに……。ジークのやつ）

湖面に映った顔が不満げになる。それは僕の、もう半分の気持ち。

ジークフリーデとロザリンデ、二人の仲睦まじい姿を見ているうちに、僕の胸はどこか、言いようのない気持ちで締め付けられ、急にジークフリーデが遠くに行ってしまったような、自分だけが蚊帳の外になってしまったような気分になった。

そう、彼女には陛下がいる。そして陛下には彼女がいる。その絆は数々の苦難を乗り越え、彼女が両眼と両腕を捧げて勝ち取った未来なのだ。

だから僕はこの国を去ることにした。

ジークフリーデの義手については、さらに手を加えて改良してある。僕が魔力を注ぎながら使う場合とは比べるべくもないが、鍛錬を怠らない彼女なら日常生活に支障が出ないくらいには使いこなすだろう。だから彼女は一人でも大丈夫。何も心配することはない。

(さあ、そろそろ行かなくちゃ)

湖に映った、なんだか元気のない顔を、バシバシと両手で叩く。とにかく楽観的で、いつだって前向きなのがオットー・ハウプトマンの長所なのだ。しょぼくれた顔は僕には似合わない。

そう思って、歩き出そうとしたときだった。


馬の鳴き声がした。

振り向くと、林の向こうに白いものが見えた。それは蹄の音を立てて、少しずつ近づいてくる。白馬であることはすぐに分かり、そしてその白馬にまたがっているのは——

「急に出ていくから驚いたぞ」

馬上から、凛々しい声が響く。

「……いったん国に帰るって、前にも言っただろ」

しゃべりながら、驚きを隠せない。もしかしたら、もう二度と会うことはないかもしれないと思っていたのに。

「そうだったか」

銀髪の騎士は、僕の作った義手を器用に操り、馬の手綱を引く。こうしてみると両腕がないなんて信じられない。

「それに、あのキュリオスの弟子がいつまでも王宮にいたんじゃ、いろいろまずいだろ」

自然と軽口が出る。でも声はだいぶ上ずっている。

「たとえ師に罪があっても、それは弟子の責任ではない」

「理屈はそうでも、そういうのって周りが気を遣うんだよ」

僕は拗ねたようにそっぽを向く。

「お城、空けちゃっていいの？」

「城はイザベラが守っている。心配ない」

「で、何しに来たの？」僕は本当に素直じゃない。

すると彼女は、ひらりと白馬から降りた。そして僕の前で、まるで主君にするように、すっと跪(ひざまず)く。

「え、え、急に何を――」

戸惑っていると、彼女は「お手を拝借」と僕の手を取り、

(あっ!)

そっと、僕の手にキスをした。

鐘が鳴り響く。

新たに大聖堂に据え付けられた鐘は、軽やかな響きで空気を震わし、それはまるで、聞く者の未来を祝福するような音色だった。

キスを終えた彼女は、ゆっくり立ち上がると、

「オットー・ハウプトマン」

「は、はいっ」僕は緊張してどもる。

「私は陛下と王国を守る使命があるゆえ、いっしょに旅には出られない。だが」

彼女はそっと、僕の肩に手を回すと、親友同士が交わす抱擁のように、僕を抱き寄せた。

「またいつか会おう。必ず」

そして、僕に向かって微笑(ほほえ)みを浮かべた。

「…………」

「どうした?」

「君でも、そういう顔をするんだなって」

「どういう意味だ」

「ううん、なんでも」

本当は、すごく嬉(うれ)しくて、胸がいっぱいになったけど、でも今は言わない。

だって――

「では、さらばだ。――やっ!」

掛け声とともに、白馬は駆け出す。

そのとき。

「女のニオイだぁ~!!」

いきなり野卑な声が響いたかと思うと、付近の森から、数人の男たちが現れた。

うん、なんて幸先が良いんだろう！（皮肉）

森賊は、赤黒く汚れた刃物を持って、僕を取り囲む。あれ、この人たち前にも会わなかった？　運命の再会に泣けてくる。

こんなことなら、ジークに国境まで送ってもらうんだった……。

と思ったとき。

（――!?）

閃光が走った。

途端に、森賊たちは悲鳴を上げて、その場に倒れ込む。六人いっぺんというのも、前と同じだった気がする。この人たち、そろそろ捕まえたほうがいいんじゃ。

「危ないところだったな」

とっさに引き返してきた眼帯の騎士は、白馬から降りると僕に歩み寄る。義手にもかかわらず、その剣閃は稲妻のごとき鋭さだった。いったいどれほどの鍛錬をすれば義手でここまでできるようになるのだろう。

「僕一人でも大丈夫だったけどね。魔力満タンだったし」

「強がりを言うな。――ほら！」

突然だった。

「わわ！」

ふわりと、体が浮いた。

気づけば、僕は抱きかかえられていた。ジークフリーデの両腕に、まるで結婚するときの花嫁みたいに、がっしりと。

「ちょ、ちょっと、何するのさ……！」

「暴れるな」

彼女はひらりと馬に飛び乗り、そして僕を後ろに乗せる。けっこう強引な性格であることに改めて驚く。いや、前から要所要所で強引だったっけ。

「このへんはまだまだ治安が悪い。途中まで送ろう」

「もう……強引なんだから」

そう言いながらも、僕は彼女の腰に手を回す。

「やっ！」

掛け声とともに、白馬は駆け出す。

「ねえ、どうして僕がピンチだって分かったの？」

「前にも言っただろう。おまえの気配は分かる」

「ふ、ふ～ん。そうなんだ」

「おまえには、言葉に尽くせぬくらい世話になった。改めて礼を言う。――ありがとう」

「いや、べつにそんな……」

　態度には出ないようにしているが、彼女にお礼を言われて、声が上ずってしまうくらいには嬉しい。

「それに――」

　いつだって冷静沈着な騎士は、さらりと告げた。

「私とて、おまえがいなくなるのは寂しいのだ」

「えっ？　今なんて――」

「しゃべると舌を噛むぞ！　やっ！」

　馬がさらに加速して、僕は振り落とされないよう必死に彼女にしがみつく。全身で伝わる彼女のぬくもり。それはこの騎士の内面を表すように、熱い。

　白馬はどこまでも駆けていく。彼女の美しい銀色の髪が僕の前で乱舞する。手の甲に残る、柔らかなキスの余韻が少しだけくすぐったい。

　道はまっすぐに伸びて、暗い森の向こうに、ほのかな光が見える。これから先の未来に何が待つのか、今はまだ誰も知らない。

僕は彼女を抱く腕に、ぎゅっと力を込める。

白馬は、僕たちを王子様と王女様のように乗せて、どこまでも軽やかに駆けていった。

（了）

あとがき

みなさまこんにちは、松山剛です。第一部に続きまして、この第二部をお手に取っていただき誠にありがとうございます。

第一部の発売後、読者さんから「えっ、ここで終わるの⁉」「続きどうなるの⁉」というご感想をたくさん頂戴いたしました。いろいろとバッサリやったラストでしたので、消化不良のままお待たせしてしまった方は本当に申し訳ございません。この第二部はきっちり決着をつけておりますので、その点はどうかご安心ください。

また、前巻では多くの方から作中のキャラクターの人間関係、とりわけ百合的な部分について様々な反響をいただきました。SNSを中心に、本作を百合作品として広めて下さった方も多くいらっしゃいまして、この場をお借りして御礼申し上げます。

本作は、盲目の剣士ジークフリーデを中心に、魔術師オットー、女王ロザリンデ、後輩騎士イザベラと、さまざまな少女たちが絡み合う『愛憎劇』となっております。愛の象徴のような二人の関係が、一転して憎悪の権化ともいうべき関係になってしまう——古くから、可愛さ余って憎さ百倍と言ったりしますが、巨大すぎる感情は満たされぬときに強く噴き出し、行き場をなくしてしまう。本作から、そんな少女たちの嵐のような『愛』と『憎』の激しさを感じていただけたら嬉しいです。

ちなみに、ここまで女性キャラの話ばかりしていますが、ファーレンベルガーのような老騎士キャラも書いていて楽しかったです。姫騎士や少女騎士もロマンですが、強くて渋いオッサン騎士もロマンだなあ、と。

本作も、多くの方のお力で上梓することができました。担当編集の阿南様と土屋様には改めまして御礼申し上げます。いつもありがとうございます。

六年ぶりのタッグとなったファルまろ先生には、前巻に続いて大変すばらしいイラストをいただきました。お渡ししたキャラクター設定表には特別に指定がなかったのにガッツリ巨乳で返してくる先生に阿吽の呼吸を感じました（笑）

また、あらすじ紹介用のＰＶ制作では声優の七瀬真結さまに大変お世話になりました。いつも素敵な演技をありがとうございます。

本書の制作・販売・流通に関わるすべての方に、この場を借りて厚く御礼申し上げます。

そして本作を手に取ってくださった読者の皆様。オットーとジークフリーデを中心とする少女たちの物語は、この巻で一区切りとなりますが、皆様の胸に少女たちの激しい愛憎の面影が少しでも残っていましたら、著者として望外の喜びです。

二〇二一年七月　照りつける陽光に初夏の兆しを感じながら　松山　剛

◉松山 剛著作リスト

「雨の日のアイリス」（電撃文庫）
「雪の翼のフリージア」（同）
「氷の国のアマリリス」（同）
「白銀のソードブレイカー Ⅰ〜Ⅳ」（同）
「機動執事 —とある軍事ロボットの再就職（セカンドライフ）—」（同）
「魔術監獄のマリアンヌ」（同）
「おねだりエルフ弟子と凄腕鍛冶屋の日常」（同）
「僕の愛したジークフリーデ 第1部 光なき騎士の物語」（同）
「僕の愛したジークフリーデ 第2部 失われし王女の物語」（同）
「タイムカプセル浪漫紀行」（メディアワークス文庫）
「聞こえない君の歌声を、僕だけが知っている。」（同）
「君死にたもう流星群 1〜5」（MF文庫J）

本書に対するご意見、ご感想をお寄せください。

ファンレターあて先
〒102-8177　東京都千代田区富士見2-13-3
電撃文庫編集部
「松山 剛先生」係
「ファルまろ先生」係

本書は書き下ろしです。

電撃文庫

僕の愛したジークフリーデ
第2部 失われし王女の物語

松山 剛

2021年9月10日 初版発行

発行者 青柳昌行
発行 株式会社KADOKAWA
〒102-8177 東京都千代田区富士見2-13-3
0570-002-301（ナビダイヤル）
装丁者 荻窪裕司（META＋MANIERA）
印刷 株式会社暁印刷
製本 株式会社暁印刷

●お問い合わせ
https://www.kadokawa.co.jp/（「お問い合わせ」へお進みください）
※内容によっては、お答えできない場合があります。
※サポートは日本国内のみとさせていただきます。
※ Japanese text only
※定価はカバーに表示してあります。

ISBN978-4-04-914002-6 C0193 Printed in Japan

電撃文庫 https://dengekibunko.jp/

電撃文庫創刊に際して

文庫は、我が国にとどまらず、世界の書籍の流れのなかで〝小さな巨人〟としての地位を築いてきた。古今東西の名著を、廉価で手に入りやすい形で提供してきたからこそ、人は文庫を自分の師として、また青春の想い出として、語りついできたのである。

その源を、文化的にはドイツのレクラム文庫に求めるにせよ、規模の上でイギリスのペンギンブックスに求めるにせよ、いま文庫は知識人の層の多様化に従って、ますますその意義を大きくしていると言ってよい。

文庫出版の意味するものは、激動の現代のみならず将来にわたって、大きくなることはあっても、小さくなることはないだろう。

「電撃文庫」は、そのように多様化した対象に応え、歴史に耐えうる作品を収録するのはもちろん、新しい世紀を迎えるにあたって、既成の枠をこえる新鮮で強烈なアイ・オープナーたりたい。

その特異さ故に、この存在は、かつて文庫がはじめて出版世界に登場したときと、同じ戸惑いを読書人に与えるかもしれない。

しかし、〈Changing Times,Changing Publishing〉時代は変わって、出版も変わる。時を重ねるなかで、精神の糧として、心の一隅を占めるものとして、次なる文化の担い手の若者たちに確かな評価を得られると信じて、ここに「電撃文庫」を出版する。

1993年6月10日
角川歴彦

電撃文庫DIGEST　9月の新刊

発売日2021年9月10日

七つの魔剣が支配するⅧ

【著】宇野朴人　【イラスト】ミユキルリア

盛り上がりを見せる決闘リーグのその裏で、ゴッドフレイの骨を奪還するため、地下迷宮の放棄区画を進むナナオたち。死者の王国と化す工房で、リヴァーモアの目的と『棺』の真実にたどり着いたオリバーが取る道は——。

俺の妹がこんなに可愛いわけがない⑰　加奈子if

【著】伏見つかさ　【イラスト】かんざきひろ

高校3年の夏、俺は加奈子に弱みを握られ脅されていた。さんざん振り回されて喧嘩をして、俺たちの関係は急速に変化していく。加奈子ifルート、発売！

安達としまむら10

【著】入間人間　【イラスト】raemz
【キャラクターデザイン】のん

「よ、よろしくお願いします」「こっちもいっぱいお願いしちゃうので、覚悟しといてね」実家を出て、マンションの一室に一緒に移り住んだ私たち。私もしまむらも、大人になっていた——。

狼と香辛料XXⅢ
Spring LogⅥ

【著】支倉凍砂　【イラスト】文倉 十

サロニア村を救ったホロとロレンスに舞い込んできたのは、誰もがうらやむ貴族特権の申し出だった。夢見がちなロレンスを尻目に、なにかきな臭さを覚えるホロ……。そして、事態は思わぬ方向に転がり始めて!?

ヘヴィーオブジェクト
人が人を滅ぼす日（上）

【著】鎌池和馬　【イラスト】凪良

世界崩壊の噂がささやかれていた。オブジェクト運用は世界に致命的なダメージを与え、いずれクリーンな戦争が覆されると。クウェンサーが巻き込まれた任務は、やがて四大勢力の総意による陰謀へと繋がっていき……。

楽園ノイズ3

【著】杉井 光　【イラスト】春夏冬ゆう

「男装なんですね。本気じゃないってことですか」学園祭のライブも無事成功し、クリスマスフェスへの出演も決定したPNO。ところがフェスの運営会社社長に、PNOの新メンバーを見つけてきたと言われ——。

インフルエンス・インシデント
Case:02 元子役配信者・春日夜鶴の場合

【著】駿馬 京　【イラスト】竹花ノート

男の娘配信者「神村まゆ」誘拐事件が一段落つき、インフルエンサーたちが集合した配信番組に出演した中村真雪。その現場で会った元子役インフルエンサーの春日夜鶴から白鷺教授へ事件の解決を依頼されるが——？

忘却の楽園Ⅱ
アルセノン叛逆

【著】土屋 瀧　【イラスト】きのこ姫

あれから世界は劇的に変化しなかった。フローライトとの甘き記憶に浸りながら一縷の望みを抱くアルム。そんな彼に告げられたのは、父・コランの死——。

僕の愛したジークフリーデ
第2部　失われし王女の物語

【著】松山 剛　【イラスト】ファルまろ

暴虐の女王ロザリンデへ刃向かい、粛正によって両腕を切り落とされたジークフリーデ。憎悪満ちる二人の間に隠された過去とは。そしてオットーが抱える想いは。剣と魔術の時代に生きる少女たちの愛憎譚、完結編。

新作　わたし、二番目の彼女でいいから。

【著】西 条陽　【イラスト】Re岳

俺と早坂さんは、互いに一番好きな人がいながら「二番目」に好きなもの同士付き合っている。本命との恋が実れば身を引くはずの恋。でも、危険で不純で不健全な恋は、次第に取り返しがつかないほどこじれていく——。

新作　プリンセス・ギャンビット
～スパイと奴隷王女の王国転覆遊戯～

【著】久我悠真　【イラスト】スコッティ

学園に集められた王候補者たちが騙しあう、王位選挙。奴隷の身でありながらこの狂ったゲームに巻き込まれた少女と彼女を利用しようとするスパイの少年による、運命をかけたロイヤルゲームが始まる。

インフルエンス・インシデント
Influence Incident
SNSの事件、山吹大学社会学部『白鷺ゼミ』が解決します！（多分）
駿馬京
illustration◊竹花ノート
女教授と女子大生と女装男子（インフルエンサー）が
インターネットで巻き起こる
事件（インシデント）に立ち向かう！
第27回
電撃小説大賞
銀賞
受賞
電撃文庫

幼なじみが絶対に負けないラブコメ
OSANANAJIMI GA ZETTAI NI MAKENAI LOVE COMEDY
〔著〕二丸修一
SHUICHI NIMARU
〔絵〕しぐれうい
『幼なじみ』
VS『初恋の少女』
先の読めない
最先端ラブコメ開幕!!
STORY
高校２年生の丸末晴は、幼なじみの少女・志田黒羽からの好意を知りながらも、初恋の相手である可知白草に一途な恋心を抱いていた。だがそんな矢先、白草に彼氏がいることが発覚！
末晴は深い絶望の末、黒羽と手を組んで、男の純情を踏みにじった白草に“最高の復讐”をすることを決意する!!
電撃文庫

はたらく魔王さま!
Satoshi Wagahara
Illustration■Oniku
和ケ原聡司
イラスト■029
魔王城は六畳一間!?
フリーター魔王さまの庶民派ファンタジー!
世界征服間近だった魔王が、勇者に敗れて辿り着いた先は、異世界"東京"だった!?
六畳一間のアパートを仮の魔王城に、フリーターとして働く魔王の明日はどっちだ!!
電撃文庫

二月 公
イラスト／さばみぞれ
声優ラジオのウラオモテ
#01 夕陽とやすみは隠しきれない？
オモテは元気&清楚なアイドル声優／
ウラはギャル&根暗地味子な女子高生!?
プロ根性で世界をダマせ！
バレたらアウトの声優ラジオ
Now On Air!!
第26回
電撃小説大賞
大賞
受賞
電撃文庫

SWORD ART ONLINE
ソードアート・オンライン
川原 礫
イラスト/abec
「これは、ゲームであっても遊びではない」
《黒の剣士》キリトの活躍を描く
究極のヒロイック・サーガ!
電撃文庫